本所おけら長屋(十八)

畠山健二

PHP
文芸文庫

○本表紙デザイン＋ロゴ＝川上成夫

本所おけら長屋(十八) 目次

その壱　あやつり――7
その弐　たけとり――85
その参　さいころ――157
その四　きんぎん――219

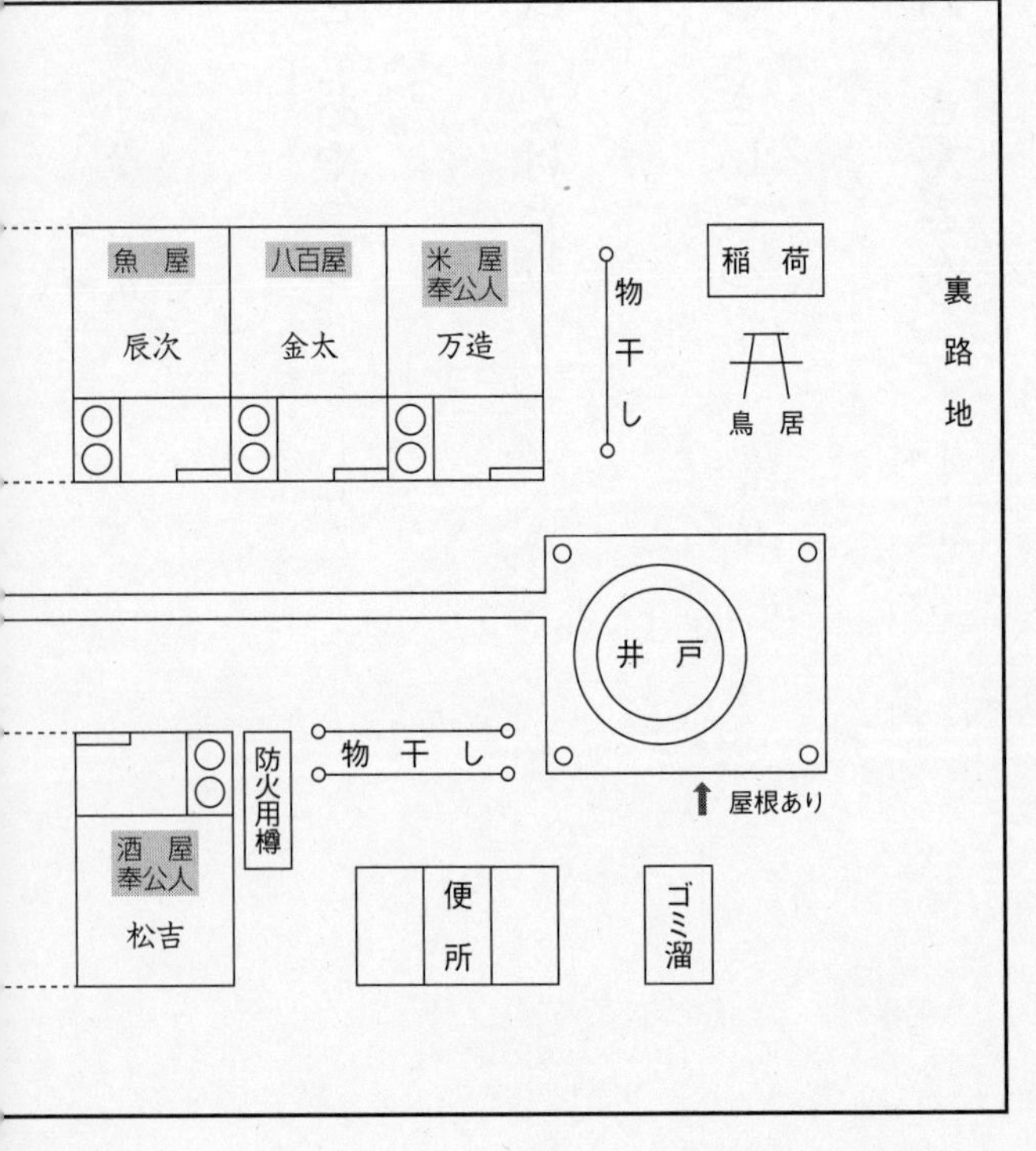

魚屋
辰次
八百屋
金太
米屋
奉公人
万造
物干し
稲荷
鳥居
裏路地
井戸
屋根あり
防火用樽
物干し
酒屋
奉公人
松吉
便所
ゴミ溜

本所おけら長屋の見取り図と住人たち

大家
徳兵衛

浪人
島田鉄斎

乾物・相模屋隠居
与兵衛

左官
八五郎
お里

松吉の義姉
お律

かまど

入口

どぶ

畳職人
喜四郎
お奈津

たが屋
佐平
お咲

呉服・近江屋手代
久蔵
お梅
亀吉

後家
お染

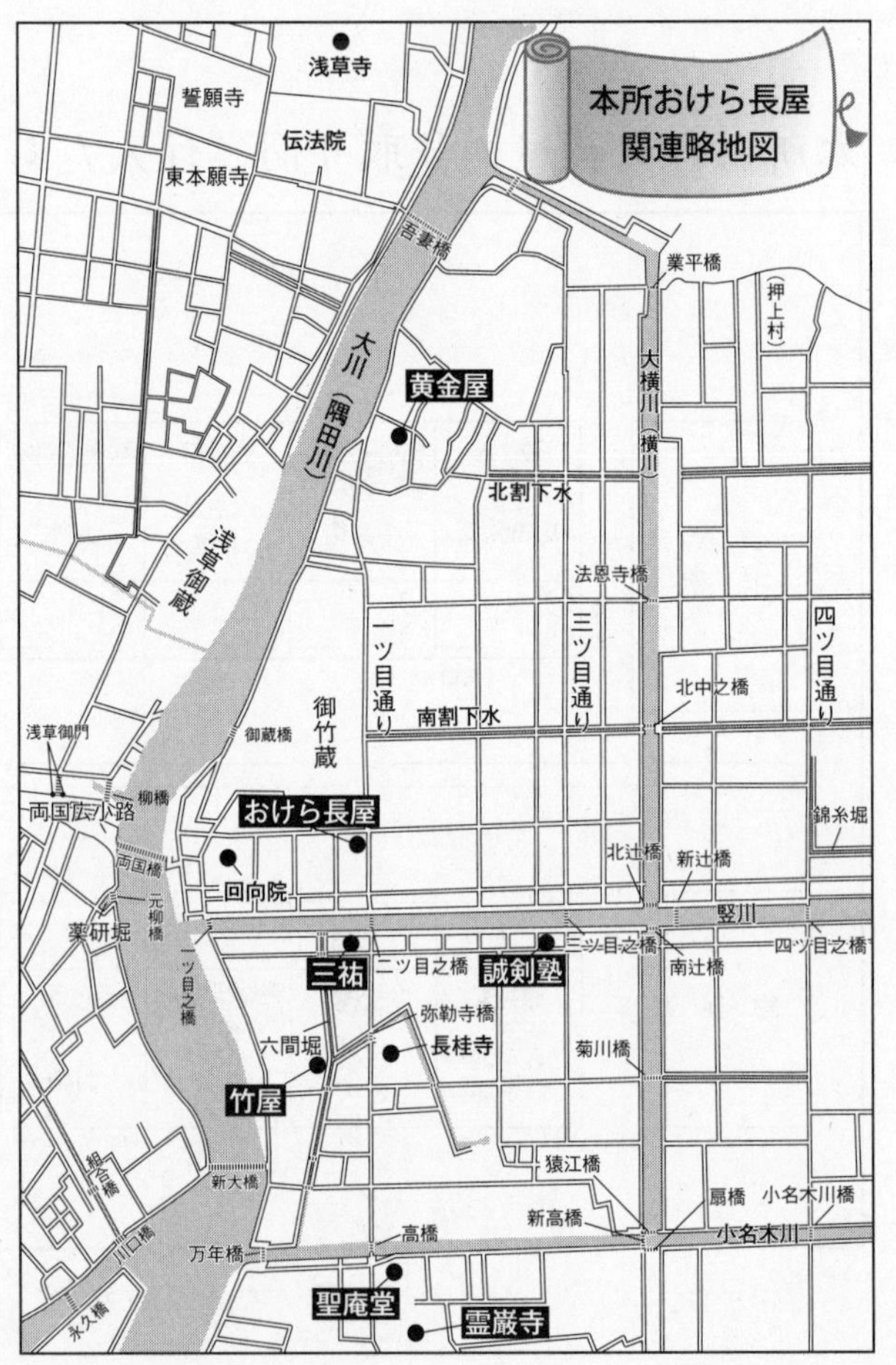
本所おけら長屋
関連略地図
浅草寺
誓願寺
伝法院
東本願寺
吾妻橋
業平橋
押上村
大川（隅田川）
黄金屋
大横川（横川）
北割下水
浅草御蔵
法恩寺橋
一ツ目通り
三ツ目通り
四ツ目通り
北中之橋
御竹蔵
南割下水
浅草御門
御蔵橋
柳橋
両国広小路
おけら長屋
錦糸堀
両国橋
回向院
北辻橋
新辻橋
元柳橋
竪川
薬研堀
三ツ目之橋
四ツ目之橋
南辻橋
二ツ目之橋
三祐
誠剣塾
一ツ目之橋
弥勒寺橋
六間堀
長桂寺
菊川橋
竹屋
猿江橋
組合橋
新大橋
扇橋
小名木川橋
新高橋
小名木川
高橋
川口橋
万年橋
聖庵堂
霊巌寺
永久橋

本所おけら長屋（十八）　その壱

あやつり

一

向島の近く、二階の席から大川（隅田川）が見渡せる船宿で、島田鉄斎と盃を傾けているのは黒石藩江戸家老、工藤惣二郎だ。鉄斎は静かに盃を置く。

「陽が暮れかかると、心地よい風が流れてきますね」

惣二郎は大川を上っていく猪牙舟を目で追った。

「日ごろは雑務に追われている拙者でも、なんとなく風流な心持ちになるから不思議です。あの猪牙舟は山谷堀を抜けて吉原に繰り出すのでしょうな」

「ほう。工藤殿でも吉原での遊びに関心がおありのようですな」

「もちろんです。拙者も男の端くれでござる。立場を忘れて羽を伸ばしたいときもあります」

鉄斎は笑った。

「いつも工藤殿に小言を言われている田村真之介殿に聞かせたい台詞ですな」

「わははは。真之介はまだ子供です。吉原の話などは、まだ当分無理でしょう」

「いやいや、わかりませんよ。まわりが思っているほど子供ではありません」

「そうかもしれませんな。おけら長屋の万造や松吉に連れ込まれでもしたら……。やめましょう。考えただけでも恐ろしくなります」

鉄斎は惣二郎の盃に酒を注いだ。

「ところで……」

何度かこの船宿に呼び出されたことのある鉄斎だが、呑み食いだけで済んだことは一度もない。ほとんどが厄介な騒動に巻き込まれることになる。

「本日の用向きは何でございますかな」

鉄斎の皮肉めいた言い様に、惣二郎は酒を噴き出しそうになる。

「用向きがないといけませんかな。島田殿と酒を酌み交わしたかっただけです。しいて申せば、愚痴を聞いていただきたかったのかもしれません」

惣二郎も鉄斎の盃に酒を注いだ。

「殿と奥方様……、ご正室の玉姫様のことです。殿がご先代のご養子となったのが二十歳のとき。そして、ご先代の嫡女である玉姫様を正室にお迎えしたわけですが、このとき玉姫様は、まだ十歳でした。七年前のことです」

高宗は、上総久留田藩藩主、黒田豊前守直行の四男で、先代の津軽甲斐守典高に見込まれて養子に入った。典高の唯一の子である玉姫との婚姻を前提にした養子縁組だった。

鉄斎にも聞き覚えのある話だ。ただ、正室は江戸に住まうため、鉄斎が仕えていた国元からは、詳しくはうかがい知れなかった。

「殿は玉姫様のことを妹のように思っておられたのでしょう」

惣二郎は頷いた。

「その通りです。その玉姫様も十七になられました。ですが、殿はいまだ玉姫様と寝所をともにされることもなく、ご存じのように側室もおられない。このままで殿にもしものことがあれば、我が藩の将来が危い。江戸家老としては頭の痛いことでござる」

藩主の重要な仕事は世継ぎを作ることにある。それこそが、お家安泰の要となるからだ。正室に嫡男がいたとしても、複数の側室に男子を産ませる藩主も多い中、一人も世継ぎがいない高宗の側近を務める江戸家老、工藤惣二郎としては、これほど悩ましいことはない。

鉄斎はしばらく黙っていたが——。

「私も気にしておりましたが、黒石藩に関わりのない者が、軽々しく口を挟める話ではございません」

惣二郎は大声を出して笑う。

「わははは。どの口がそのような戯言を申されるのか。おけら長屋と島田殿は、黒石藩に関わりだらけではござらぬか」

「これは失言でした。工藤殿のおっしゃる通りですな」

鉄斎も笑った。

「藩のことを考えますと、そろそろ手立てを講じなくてはなりません。島田殿もおわかりのはずです」

鉄斎は小さく頷いた。

「して、その手立てとは」

「側室を迎え、お世継ぎを産んでいただくか、養子をお迎えするかです」

「ですが、それはどこの藩でも起こりうる通例の手立てでしょう。玉姫様が十七におなりになったのであれば、お世継ぎが誕生することもあるのではありませんか」

鉄斎は惣二郎の盃に酒を注いだ。

「殿は、玉姫様の女人としての魅力に気づいておられないのかもしれません。玉姫様は大人になられたのですが」

「十歳のときから玉姫様のことを見ておられたのですからね。それもやむをえないように思いますが、工藤殿の心中をお察しすると胸が痛みます。長屋で気楽な暮らしをしている私などには到底わからぬ思いなのでしょう」

惣二郎は盃の酒を呑みほした。

数日後――。

「工藤様。折り入ってお話ししたき儀がございます」

惣二郎を訪ねてきたのは、黒石藩の奥向きを取りまとめる用人、鎌田半十郎だ。半十郎は黒石藩家老、坂井京右衛門の甥にあたる男だ。半十郎は惣二郎の前で正座をした。その形から重々しい話であると察しがつく。

「御家老から文がまいりまして、玉姫様と殿の……、あっ」

半十郎は、そう言うとばつの悪い顔をした。半十郎は、玉姫が生まれた当初から高宗と結婚するまで、守役としてかしずいてきた。本来であれば、成人して結婚した玉姫のことは「奥方様」と呼ばなければならないのだが、どうしても幼名で呼んでしまう。

惣二郎は、苦笑いをする。

「仕方ないのう。しかし、わしもつい、そうお呼びしてしまう」

そう言うと、半十郎と笑い合った。

惣二郎は半十郎より一歳年上で、先代に小姓として仕え、ともに薫陶を受けた間柄だ。尊敬する主君のただ一人の愛娘、玉姫を見守ってきた同志でもあった。江戸藩邸の者は皆、同じような気持ちだろう。

「面目ない。ええ、その、奥方様と殿のことでございまして」

「……お世継ぎの件だな」

惣二郎はそう言うと、深い息を吐いた。

高宗はお上から江戸城御濠の修繕を仰せつかって、江戸に滞在しており、しばらく津軽には戻っていない。

「左様です。御家老は気に病んでおられます。御家老や長老の皆様方が殿に、奥方様にお渡りをされるよう諫言されても、はぐらかされてしまって埒が明かぬ、と。このままお世継ぎが誕生しなければ、我が藩は安泰とはいえません。そこで……」

ここで、半十郎は一度、言葉を切った。

「側室をお迎えするしかないとのことです。国元でも側室にふさわしい女子を吟味するつもりであるが、殿の江戸在留が長引くことも考え、江戸においても側室をお迎えすべきとのことでございます」

半十郎は、一気にまくしたてると、苦虫を嚙み潰したような顔をした。藩の将来を考えるのであれば、側室を迎えるのは当然のことだ。しかし玉姫の幸せを願わずにはいられない半十郎にとっては、苦しい話だ。

惣二郎も、自分よりも格上の坂井京右衛門の意を軽んじることはできない。

「なるほど。だが、側室といっても、猫の子をもらうようなわけにはいかぬ。まずは殿のお目にかなうかだ」

「もちろんでございます。すべては殿のご意向次第です。そのあたりのことは心得てございます。江戸での側室選定につきましては、私が一任されておりますので、殿にお目通りさせ、ご意向を仰ぐつもりでおります」

半十郎は、そう言うと居住まいを正した。

「すでに側室になる女子の目星はついておるのか」

「はい。何人かは」

「身元はしっかりしているのであろうな」

「はい。殿のご気質を考えますと、武家の子女にこだわることはないと思っております。町人の娘でもよいのです。大切なのは殿のお目にかなうことです。町人の娘の場合は、しかるべき武家の養女としてから、側室にお迎えするつもりです。工藤様。今の黒石藩にとっての大事はお世継ぎの誕生でございます。側室といえども、まずは男子誕生が第一。その後に玉姫様がご懐妊され、男子誕生となれば、これほどめでたいことはございません。すべて、お家のためでございます」

そう言われてしまうと、惣二郎に返す言葉はない。

「お世継ぎがおられても、十歳を迎えられず、逝去されることも珍しくはありません。昨年は松倉藩がお取り潰しになりました。藩主が亡くなられた直後に、五歳になられるお世継ぎも疱瘡で亡くなられたとか。かたや森里藩の藩主にはご正室と三人の側室がおり、ご正室に嫡男、側室にも三人の男子が誕生しているそうでございます。森里藩は安泰といえるでしょう。殿にも我が藩の将来について、切実にお考えいただきとうございます」

半十郎は深々と頭を下げた。

同じころ――。

玉姫の正面に座り、神妙な表情をしているのは奥女中の志桜里だ。

「それで、志桜里。そなたが見たその侍は、殿に間違いないと申すのだな」

「は、はい。間違いない……と思います」

玉姫は珍しく苛立っている。

「思います、では困る。はっきり言っておくれ」

「どこぞのご家中というよりは、御旗本の子弟といった出で立ちだったもので……。はっきりとは申せませぬが、私には殿様であるように思えました。その証に……」

「どうしたのじゃ」

「殿様と思われる侍に同道していたのが……」

「だれじゃ」

「田村殿でございます」

「なに、真之介だと」

玉姫は一度、考え込んでから――。

「御濠修繕のお役目で江戸城に出向かれたと聞いていたが……。志桜里。そなたがその侍、いや、殿をお見かけしたのは、この藩邸近くの町中と申したな。そんな身なりで江戸城に出向くことなど考えられぬ。お役目というのは嘘であろう」

玉姫は自分の言葉に小さく頷いた。

「やはり、女子か。様子がおかしいとは思っていたのだ。先日、お目にかかったときにも、なぜかそわそわしておられた。お役目とあれば気を遣うことも多いはず。そわそわなどするはずがない」

玉姫は唇を嚙んで立ち上がると襖を開いた。廊下越しに雨上がりの庭が見える。

「殿の妻となって七年になる。殿は私のことを女とは見ておられぬ。いまだに寝所をともにしたこともない。志桜里、正直に言っておくれ。私はまだ子供か。正室としてのお役目を果たせぬ幼子なのか。それとも嫌な女なのであろうか」

確かに玉姫は童顔で、歳よりも幼く見える。

「そのようなことはございません。奥方様はお美しくなられました。そして、心根のお優しいお方です」

志桜里は黒石藩大納戸役の次女で十九歳になったばかり。玉姫より二つ年上となる。志桜里の母が玉姫の乳母を務め、奥を取りしきっていたことから、志桜里も物心ついて以来、ずっと玉姫に仕えている。やんちゃで手間のかかる高宗に田村真之介が心酔しているように、志桜里も玉姫のことが大好きなのだ。

「そうか……。嘘でもそう言ってくれると嬉しい」

「嘘ではございません」

志桜里は、高宗を見かけたと玉姫に話してしまったことを後悔した。玉姫は高宗を心から好いている。そんな玉姫を苦しめることを言うべきではなかった。

「玉姫様いえ、奥方様。殿様にやましいことはないと思います。何か理由があるのです」

「お上の御用と偽って、着物まで変えて出かけることが、やましくないと申すのか。女子に決まっておる」

玉姫は涙ぐんだ。

「外に側女を作るくらいなら、この藩邸に側室としてお迎えになればよろしいのに。側室を迎えて、お世継ぎが誕生すれば、黒石藩は安泰。志桜里、そうは思わぬか」

玉姫の本当の気持ちが手にとるようにわかる志桜里は、頷くわけにいかない。

「決めつけるには早すぎます。とにかく、私が調べてまいりますので」

志桜里にはひとつの手立てが浮かんだ。

決然とした志桜里の表情を見て、玉姫は不安を覚えた。

忠義者の志桜里は、玉姫のこととなると見境がなくなる。これまでも、思いもよらぬ大胆な振る舞いに及び、周囲を驚かせたことは一度や二度ではない。

「志桜里。くれぐれも無理をしないでおくれ。そなたの気持ちはわかった」

「いえ。私にお任せください」

志桜里は玉姫を安心させるために微笑んでみせた。


黒石藩は一万石の小藩で、江戸藩邸も他藩と比べればかなり小さい。それだけに藩邸にいる者たちは、それぞれに顔も名前も役職も見知っている。

「田村殿……」

渡り廊下を歩いていた田村真之介は、背中越しに声をかけられて振り返る。

「し、志桜里殿……」

真之介の顔は赤くなる。じつは三つ年上の志桜里に、ほのかな思いを寄せているのだ。十六歳の真之介にとっては〝恋〟といえるようなものではなく〝憧れ〟だ。

志桜里は真之介の目を見つめた。真之介の心はとろけそうに、腰は砕けそうになるが、なんとか踏ん張った。

「田村殿に折り入って、お話ししたいことがあります」

真之介は、自分の顔が熱くなり、目や鼻や口から火を噴きそうになるのがわかった。

「な、な、何でございますか」

志桜里は真之介に近づくと耳元で囁いた。

「ここでは人目もありますので、今夜、五ツ半（二十一時）に中庭の石灯籠まで来ていただけませんか」

「ち、近くに来ないでください。燃えてしまうかもしれません」

「ど、どうかしたのですか」

志桜里は中庭を指差した。

「あそこの奥の石灯籠に、五ツ半ですよ。よろしいですか」

五ツ半に中庭とは、まるで逢い引きではないか。真之介は「はい」と答えるのが精一杯だった。

「このことは、だれにも話さないでください。よいですね」

だれかの足音が近づいてくる。

「それでは」

志桜里はそう言い残して、立ち去った。

その日、真之介は〝心ここにあらず〟に陥る。

「真之介。これではない。勘定方の書類を持ってきてどうするのだ」

真之介は工藤惣二郎の小言など耳に入らない。

「真之介。具合でも悪いのか、真之介っ」

真之介は我に返る。

「はっ。石灯籠でございますか」

「石灯籠だと？　江戸城の御濠に石灯籠を立ててどうするのだ。馬鹿も休み休み言え」

二人のやりとりを聞いていた高宗は膝を打つ。

「それだ。御濠から石灯籠が姿を現しているなど、なんとも風流ではないか。その考えはおれがもらった。真之介。石灯籠はおれが考えたことにしてくれ。タダで横取りはせん。この饅頭二個でどうだ」

真之介は自分が何を言ったのかも覚えていないようだ。

「今夜、五ツ半に……」

高宗は三方の上に盛られた饅頭を二つ握った。

「な、なに～。今夜、饅頭を五つ食うだと。そんなに食って腹を壊したらどうする。二つにしておけ。二つに」

「はっ。はあ……」

惣二郎は、気のない返事をする真之介を見つめた。

二

その夜、真之介は約束の刻限よりも早く、中庭の石灯籠に出向いた。近くには池があり、風が吹くたびに、水面に映った月が揺れる。真之介にはその月が何とも艶めかしく思えた。草履で小石を踏む音が近づいてくる。

「田村殿……」

月明かりに照らされた志桜里の顔は美しかった。真之介は渡り廊下で志桜里に声をかけられてから、ずっとその理由を考えていた。志桜里は「折り入って、お話ししたいことがあります」と言った。思えば、志桜里とは挨拶を交わすだけで、まともに話したことなど一度もない。志桜里は何を話そうというのだ。「私は、田村殿のことが好きです」などと告げられたら、どうすればいい。胸に飛び込まれ「しばらく、このまま抱いていてください」などと言われたら、どうすればよいのだ。

「そこに座りましょう」

志桜里は池の近くにある石を指差した。腰かけるには手ごろな石が並んでいる。先に志桜里が座ったので、真之介も隣の石に腰を下ろした。真之介は志桜里の言葉を待つ。

「田村殿。殿様はお忍びで市中へとお出かけになっておられますね」

思いもよらぬ志桜里の言葉に、真之介は慌てる。

「えっ、い、いや、決してそのようなことは……」

「それは嘘です。先日、私は三ツ目之橋近くで袴姿の殿様をお見かけいたしました。その背中を追うように歩いていたのは……」

志桜里は真之介の顔を見る。

「田村殿でした」

真之介には返す言葉がない。

「あの日、殿様は御濠修繕の件で江戸城に出向かれるとお聞きしておりました。あのような恰好で江戸城に出向かれるはずがございません。殿様はどちらに……」

真之介の頭の中は真っ白だ。返答によっては後で辻褄が合わなくなる。いや、本当のことを言わぬ限り、何を答えても辻褄が合わなくなるのは間違いない。

「私は田村殿を責めたり、このことを公にしようなどとは思っておりません。本当のことを知りたいのです」

志桜里の口調が強くなった。

「殿様には、その……、どこかに女の方がおられるのでしょうか」

その問いには、はっきりと答えられる真之介だ。真之介は志桜里の目を見つめた。

「断じて、そんなことはありません。私の命に代えても嘘は申しません。殿に側女などはおりません。外に女人がいることなど決してありません」

志桜里は大きく息を吐き出した。

「ふ〜。よかった。田村殿の言葉に嘘はなさそうですね。だって、私の顔を一度も正面から見なかった田村殿が、ちゃんと、私の目を見て答えてくれましたから」

玉姫に仕える志桜里は、お忍びで出かける高宗を見かけ、女のところに通っているのではないかと疑念を抱いたのだろう。真之介は嬉しくなった。志桜里は玉姫のことを心から思っているのだ。それは、自分が高宗を思う気持ちと同じだ。安堵（あんど）した仕種（しぐさ）で志桜里の心根が計（はか）れたような気がした。

「それで、殿様はどちらに……」

真之介の表情（かお）は再び引き締まった。

「それは申せません。それを志桜里殿に話してしまったら、私は腹を切らねばなりません。ただ、ひとつ言えることは、殿にやましいことはまったくないということです」

「ねえ、真之介殿……」

志桜里の口調が親しげになった。

「今夜、ここに真之介殿を呼び出したのは、殿様が市中へお出かけになっていることを知りたかっただけじゃないの。奥方様が御年（おんとし）十七になられたのに、殿様と奥方様が寝所を別々にしていることは、真之介殿もご存知でしょう。藩内のあちこちからお世継ぎのことを耳にします」

世継ぎを懸念する声は、真之介の耳にも届いている。

「真之介殿は殿様の一番近くにいる。私は奥方様にお仕えしている。黒石藩のため、そして殿様と奥方様の幸せのためには、私と真之介殿が力を合わせることが大切だと思います。だから、私たちの間で隠し事はよしませんか。私と真之介殿の胸にしまっておけばよいことですから」

真之介の気持ちは高まった。黒石藩安泰のために志桜里と力を合わせることができる……、というのは建て前で、本当は志桜里と親しくなれることが嬉しいのだ。

「はい。私は志桜里殿のためなら……、い、いや、我が藩と殿のためなら切腹覚悟で尽力したいと思います」

志桜里の表情（かお）は明るくなった。

「嬉しい……」

志桜里は真之介に身を寄せると、手の上に自分の手を置いた。真之介は口から心の臓が飛び出しそうになり、手を引っこめた。

「それで、殿様はどちらに」

「亀沢町にある、おけら長屋です」

真之介の口から滑るように言葉が出てしまった。

「亀沢町にある、おけら長屋……」

「し、志桜里殿。何で知っているのですか」

「今、真之介殿が言ったのですよ」

「えっ。そんな馬鹿な……」

真之介は固唾を呑み、覚悟を決めた。

「こ、こうなったら、志桜里殿にはお話ししますが、奥方様にはご内密に願います」

志桜里は頷いた。

「以前、我が藩の剣術指南役を務めておられた、島田鉄斎という方がおられます。島田鉄斎殿は指南役を致仕した後、江戸に出てこられ、本所亀沢町にある長屋で気ままな暮らしをされております」

「島田鉄斎殿の名は何度か耳にしたことがあります。凄腕（すごうで）の剣客（けんかく）だったとか……」

「剣の腕だけではありません。人物の素晴らしさは、剣よりも上です。殿は島田殿を心の師として慕（した）っておられます。殿が形（なり）を変えてお出かけになるのは、島田殿にお会いするためなのです」

志桜里は納得したようだ。

「そうだったのですか」

「実際に、島田殿のご尽力によって、窮地（きゅうち）に陥った我が藩が救われたことは何度となくあるのです。このことは、工藤様もご存知です。もっとも、工藤様は、殿がお忍びで島田殿に会いに行くことを認めているわけではありませんが」

志桜里は、苦虫を嚙み潰したような工藤惣二郎の顔が頭に浮かび、吹き出しそうになった。

「そうでしたか。その島田殿は、殿様の心の支えになっているのでしょうね」

「その通りです。ですが、それだけではありません。島田殿が暮らす長屋には、何と申しますか、その……、恥知らずで、酔（よ）っ払（ぱら）いで、金に汚くて、無鉄砲で、何をしでかすかわからない者たちが住んでいるのです」

「人でなしではありませんか」

「はい。でも、楽しいというか、面白いというか、とにかく、いざというときに頼りになるのです。私たち武家などには思いもよらぬ手立てを思いつき、それを実際に成し遂げてしまうのです。殿は、その者たちのことが大好きで、島田殿や、その者たちに会いたくて仕方ないのです」

「それは真之介殿もですか」

真之介は、おけら長屋と関わったことで、無頼漢にさらわれたり、人質にされたり、惣二郎に幾度となく大目玉を食らったことを思い出した。

「滅相もありません。あの者たちに関わったら、いくつ命があっても足りません。ですが……、何と申しますか、なぜか会いたくなってしまいます。どうしてなのか自分でもわかりません」

志桜里はしばらく黙っていたが――。

「真之介殿。目が輝いてますよ。私もその方たちに、お会いしたくなってきました」

真之介は頭を振る。

「とんでもありません。志桜里殿をおけら長屋の者たちに会わせることはできません」

志桜里は笑った。

「真之介殿。私は、このことを奥方様にお話しするべきだと思います」

「そ、それは困ります」

「殿様は悪いことをしているわけではありません。奥方様は殿様に側女がいると思っておられます。本当のことを話すべきです。奥方様を安心させてあげたいのです。口外はしないように、お願いいたしますから」

この二人を渡り廊下の隅（すみ）から鋭い目つきで見ていた者がいる。工藤惣二郎だ。

「真之介め。なかなかやるのう。上（うわ）の空（そら）で仕事に身が入らんと思っていたら、こんなところで逢い引きをしておったのか。しかも、相手が藩内でも器量（きりょう）よしと評判の志桜里とは……」

惣二郎は、意地の悪そうな表情（かお）をしてほくそ笑んだ。

翌日、真之介は惣二郎に呼び出された。

「真之介。昨夜、お前に用があってな。捜したが見当たらなかった。どこに行っておったのだ」

真之介の背中に冷たい汗が流れた。

「さ、昨夜といいますと……」

「五ツ半ごろだったと思うが」

「五ツ半……。そ、そのころでしたら、は、腹の具合が悪くなり、厠に行っておりました」

「ほう。お前がすぐに胃の腑を摩ることは知っていたが、腹も弱かったのか。それで、腹の具合はどうなったのだ」

真之介は胃の腑を摩った。本当に胃の腑が痛くなったからだ。

「そこは、腹ではなく胃の腑ではないのか。とにかく、身体は大切にせねばならん。腹の具合が悪いのなら、しばらく粥だけにした方がよい。わしから厨に伝えておこう」

「いえ。もう大丈夫でございます。すっかり、よくなりました」

「いや、当分の間は粥だけでよい。しばらく何も食べない方がよいかもしれんな」

「そんなあ……」

「食べたいか。食べたければ、五ツすぎに中庭の石灯籠まで、夕餉（ゆうげ）を持ってきてもらえばよかろう」

真之介は言葉を失った。

「志桜里に持ってきてもらえばよいと申しておるのだ」

「志桜里殿のことを……」

「わしの目は節穴（ふしあな）ではないぞ」

真之介の顔は青ざめていく。

「それで、いつからだ。志桜里とは、いつからそんな仲になったのだ」

「め、滅相もございません」

「よいか、真之介。わしは駄目だとは言っておらんのだぞ。後々のことを考えて言っておるのだ。わしだけには本当のことを言っておけ」

「ですから、志桜里殿とは、そのような仲ではございません」

惣二郎の表情はにやけてくる。

「嘘を申すな。何もない若い男と女が、あのような刻限に、あのような場所で、あのように人目を忍んで会うはずがあるまい。あのような男女の振る舞いを〝逢い引き〟というのだ。隠すな、真之介。若いころにはよくあることだ」

「ち、違うのです」

真之介は泣きそうだ。

「真之介。お前もやるのう。島田殿が〝まわりが思っているほど子供ではない〟と申されていたが、さすがに剣の達人。鋭い眼力じゃ」

「ですから、そうではなくて……」

「照れるな。しかし、お前の相手が黒石藩一の美形と名高い志桜里とはな。志桜里はお前よりも年上ではないのか、いつ、そのような技を身につけたのだ」

いつもなら、そんな軽口を叩く惣二郎ではないのだが、真之介の色恋話に誘い起こされたのかもしれない。

「私の話を聞いてください。じつは……」

「な、何だと。もう志桜里と契りを結んだと申すのか。そのときのことを、わしに聞けと申すのか。何という恥知らずな。そんな話が素面で聞けるか。それは今晩、酒でも呑みながら、じっくり聞くことにしよう。いや、聞かせてもらおう。いや、聞かせてくだされ」

真之介は背筋を伸ばした。

「やめてください」

「し、真之介。お前、志桜里にやめてくださいと拒まれたのに無理やり……。馬鹿者～。武士にあるまじき卑劣な行い。ゆ、許せん」

真之介はゆっくりと立ち上がった。

「失礼させていただきます」

惣二郎は慌てる。

「ど、どうしたのだ。まだ、何も聞いておらんぞ」

「それでは、最後まで、お静かに私の話を聞いていただけますか」

「き、聞こう。とにかく座れ」

「だれにも口外しないと約束していただけますか」

惣二郎は生唾を呑み込んだ。

「そ、そんなに艶っぽい話なのか。や、約束しよう」

「黙って聞けと申しておるのです」

真之介の大声に、惣二郎は驚いて「はい」と返事をした。

「昨日の昼、志桜里殿から〝話があるので、五ツ半に中庭の石灯籠に来てほしい〟と言われました。志桜里殿から。工藤様っ。いま、口を挟みそうになりましたね。黙ってください。志桜里殿の話というのは、殿のことでした……。工藤様。何かをおっしゃるなら、ここだと思いますが」

「殿のことだと」

「はい。先日、御濠の件で江戸城に登城すると偽って、殿がおけら長屋に出向かれたことは、工藤様もご承知かと思います。その夜、私は工藤様にこっぴどく叱られましたから。そのとき、殿と私が三ツ目之橋を渡っているのを、志桜里殿に見られていたのです」

「な、なんと。まさか、志桜里はそのことを……」

「はい。奥方様に申し上げたそうです」

惣二郎の顔つきが変わった。

「まずい。それはまずいぞ」

「奥方様は、殿が外に女人をお囲いになっているのではないかと疑念を抱かれたようです」

「さらにまずいではないか」

「ですから、私は命に代えても、そのようなことはないと申しました。志桜里殿は私の言葉を信じてくれたようです。ただ、奥方様に信じていただけるかどうか……。信じていただくためには、殿がおけら長屋に出向いていたことを話すしかありません」

「志桜里に、おけら長屋のことを話したのか」

「はい。奥方様に疑念を持たれるよりは、本当のことをお話しされた方がよいと思いまして。奥方様には、口外されないように、志桜里殿がお願いしてくれるそうです」

惣二郎にも、真之介の判断は正しいと思えた。

「志桜里殿は、我が藩の安泰と、奥方様の幸せを心から願っておられます」

真之介の瞼(まぶた)には志桜里の顔が浮かび、にやけそうになったが、なんとか堪(こら)えた。

三

工藤惣二郎は藩邸内にある私室で、田村真之介に手伝わせて書類の整理をしていた。そこにやってきたのは、用人の鎌田半十郎である。

「工藤様。先日ご相談した側室の件ですが、本日、その娘を連れてまいりました」

「側室……」

真之介は小声で呟く。惣二郎と半十郎がそのような話をしていたことを、まったく知らなかったからだ。

「真之介も一緒とは都合がよい」

半十郎は一度中座すると、すぐに戻ってきた。

「さあ、お入りくだされ」

一人の女が座敷に入ってきた。

「ここにお座りください」

その女は惣二郎の正面に座った。

「李枝殿でござる。李枝殿、こちらが江戸家老、工藤惣二郎様でござる」

李枝という女は手をついて深々と頭を下げた。

「李枝でございます」

半十郎は真之介に目をやった。

「この者は……。真之介、お前の役職は何であったかのう。まあ役職などは何でもよい。田村真之介だ」

李枝は真之介に対しても深々と頭を下げた。

「李枝でございます」

李枝は美しい女だった。いや、これほど美しい女は見たことがない。しばらく、李枝に見とれていたのは真之介だけではない。惣二郎も同じだ。惣二郎は我に返る。

「李枝殿の素性をお聞かせ願いたい」

半十郎は、李枝に笑いかける。

「李枝殿は、神田相生町にある縮緬問屋、丹後屋の四女でございます」

　惣二郎は驚いたようだ。

「町人の娘と申すか」

「はい。ですが、半年ほど前に、私とは旧知の仲である御旗本、小田十内殿と養子縁組をされ、今では武家の子女となっておられます。武家のしきたりや作法などもこの半年の間に、しっかりと身につけているそうでございます。ここに吊書を用意してございますので、後ほど目を通していただければと思います。李枝殿は、ご覧の通りの美形で、神田界隈では〝小町〟との呼び声が高い娘でございます」

　惣二郎は李枝に目をやった。

「李枝殿はいくつになられるのかな」

「十九でございます」

「武家と養子縁組をされた理由を聞かせてほしい」

「父の薦めもありましたが、私は子供のころから武家の嫁になりたいと思っておりました」

「なるほど。李枝殿ほどの美形ならば、他にいくらでも縁談があったと思うが、どうしてこの度の話を受けられたのかな。殿にはご正室がおられることも知っておろう」

李枝はしばらくの間をおいた。

「存じております。側室には側室としてのお役目があると心得ます。それに、鎌田様より、お殿様のお人柄をお伺いして、私からも是非にと、お頼み申し上げました」

李枝の返答にはそつがない。半十郎は満足気だ。

「李枝殿。下がっていただいて構いません」

李枝は丁寧に辞儀をすると、座敷から出ていった。半十郎は咳払いをする。

「まずは、工藤様のご了解をいただいてから、今夜にも殿にお目通りいたす所存でございます。すべては我が藩安泰のためです」

真之介の頭には志桜里の顔が浮かんだ。その顔は悲しそうだった。そんな真之介の様子などは目に入らない半十郎は続ける。

「今夜、殿に側室のことを、お話しするつもりです。工藤様と真之介にも同席していただきます。殿が難色を示したときは、お口添えをいただきたい。よろしいですな」

半十郎は返事を待たずに――。

「殿が李枝殿を側室に迎えることを承諾されたら、李枝殿を伴い、奥方様にもご挨拶をさせる所存でございます」

工藤惣二郎は小さく頷いただけだった。

高宗は〝側室〟という言葉を聞いた途端、不機嫌になった。

「またその話か。もう聞き飽きたわ」

高宗は外方を向く。鎌田半十郎は少し膝を前に進めた。

「殿。私どもが申しているのは〝側室〟のことではございません。お世継ぎのことでございます。御家老も案じておられます」

高宗は惣二郎に目をやった。

「工藤。お前も同じ考えか」

惣二郎は平然として――。

「殿が奥方様と寝所をともにされず、お世継ぎご誕生の気配がないというのであれば、仕方ございません。黒石藩安泰のためでございます。殿には家臣や藩民（たみ）を守る責務を果たしていただかねばなりません」

高宗は言い返すことができずに黙った。半十郎が割り込む。

「殿。堅苦しくお考えになることはありません。側室などとは思わず、身の回りの世話をしてもらうおつもりでよいのです。とりあえずは一度、お会いになってみるのがよろしいかと思います。真之介。李枝殿をお連れしろ」

真之介は高宗の顔色（かお）を伺ったが、高宗は表情を変えない。中座した真之介は李枝を連れてくる。一同は脇に座り、高宗の正面に李枝が正座をして頭を下げた。

「李枝殿でございます」

高宗は頷いた。

「面（おもて）を上げてくれ」

李枝がゆっくり顔を上げると、殺風景な部屋の真ん中に花が開いたように思える。高宗は李枝の顔を食い入るように見た。その様子に半十郎は満足する。李枝の美しさに度肝（どぎも）を抜かれたと思ったからだ。

「殿、いかがでございますか。これほどの美形、まずお目にかかれませぬ。どうか……」

半十郎は、思わず膝を進める。

高宗はそんな半十郎を見て苦笑いしながら――。

「まあ、待て。半十郎。……そうだな。しばらくその方の屋敷で預かってみたらどうだ」

半十郎は、少し安心した表情(かお)をした。これまでは、〝側室〟という言葉だけでも受け付けなかった高宗であったから、たいした進歩である。

真之介は、何とも言えない表情をして俯(うつむ)いた。主家(しゅけ)を存続させるためには、必要なことだとわかっているが……。

「李枝と申したな。しばらくは、半十郎の屋敷で休んで、藩邸での暮らしに慣れることだな」

高宗は立ち上がると、真之介に目配せをして、座敷から出ていった。

真之介は、高宗が執務を行う座敷を訪ねた。

「おお。真之介か。ここに座れ。お前、あの李枝という女を何と見た」

「そう言われましても……。美しい方ではございますが」

「そうか。確かに美しい女だ。だが、あの女には何かある。あの目だ。人形のような目をしていた。血が流れている女の目には見えなかった。すまないが、これからおけら長屋に出向いて、鉄斎と万造、松吉にこれを届けてくれ」

高宗は封書を差し出した。

「吊書によると、あの女は神田相生町にある縮緬問屋、丹後屋の四女ということだ。生い立ちを調べてほしいのだ。詳しいことはここに書いてある。時間がない。李枝には、しばらくゆっくりしてくれと言ったが、いつまでもそうさせてはおけまい。頼んだぞ」

「心得ました」

高宗が側室を娶ることになれば、志桜里は悲しむだろう。もしかすると、それを止めることができるかもしれない。真之介は封書を懐にしまうと、座敷から飛び出していった。

真之介が酒場三祐の暖簾を潜ると、奥の座敷で車座になっているのは、万造、松吉、お染、鉄斎の四人だ。真之介は座敷に駆け上がると、鉄斎に封書を差し出す。

「島田殿。これを……」

「おうおう、真之介さんよ。いきなり、どうしたんでえ」

「殿より島田殿に火急の封書です。黒石藩の行く末に関わることです」

万造と松吉は青くなる。お染は黒田三十郎が黒石藩の藩主だとは知らないからだ。

「ちょ、ちょいと待ってくれよ。殿ってだれのことでえ。よく話がわからねえが」

「何を今さら。黒石藩主の高宗公に決まっているではありませんか。殿が、おけら長屋のみなさんにお頼みしたいことがあると……」

万造と松吉は頭を抱える。

「そこまで言っちまったんなら、もう取り返しはつかねえな」

お染は大声で笑う。

「あははは。黒田三十郎は仮の姿で、本当は黒石藩のお殿様ってんだろ」

やっと気づいた真之介は慌てて口をおさえる。

「今ごろ口をおさえたって遅えや。なあ、松ちゃん」

「なんでえ、お染さんも知ってたのかよ」

お染は猪口の酒を呑んだ。

「殿様がおけら長屋に来ると、いつも松吉さんの家で呑むだろ。あたしん家は隣だからね。酔って大声になれば話は筒抜けさ。この前は江戸城の御濠の修繕費用をちょろまかして、酒が呑めねえかって盛り上がってたじゃないか」

三祐のお栄が徳利を持ってくる。

「黒田三十郎だろうが、本物の殿様だろうが、どっちだっていいけどね」

お染は鉄斎に――。

「とにかく旦那。早くそれを読んだ方が……」

鉄斎は封書を受け取ると、開封して書面を広げた。一同は鉄斎が読み終えるのを待つ。

「旦那。何て書いてあるんですかい」

鉄斎はまた書面に目をやった。

「殿が側室を娶るかもしれないそうだ」

万造は身を乗りだす。

「側室って、言ってみりゃ、妾のことでしょう。さすがは殿様、いい身分じゃねえか。羨ましい限りだぜ」

鉄斎は真之介に——。

「それが、神田相生町の縮緬問屋、丹後屋の四女、李枝ということだな」

「そうです。殿はその李枝という女の生い立ちを調べてほしいそうです。万造さん、松吉さん、お願いします」

鉄斎はまだ書面を見ている。

「殿は、急いでいるようだな。どうする。万松のお二人さん」

万造と松吉は顔を見合わせた。

「急にそんなことを言われたってよ。なあ、松ちゃん」

「ああ。今日明日ってわけにはいかねえや」

お染が書面を覗き込む。

「神田相生町の丹後屋と言ったね。あたしの針仕事の仲間が出入りしてますよ。

縮緬の端切れを安く分けてもらって、縫い合わせるのさ。綿を入れて座布団にしたりね。お萩さんっていうんだけど、あの人なら何か知ってるかもしれない。もう、二十年近く、丹後屋さんに出入りしてるみたいだから。善は急げっていうから、明日の朝にでも行って訊いてきますよ。真之介さん。明日の今ごろ、またここに来てくれますか。面白い話が仕入れられればいいんだけど」

「ありがとうございます。よろしくお願いいたします」

真之介は両手をついた。

藩邸に戻った真之介に声をかけてきたのは志桜里だ。真之介は物陰に引き込まれる。

「殿様が側室を娶られるという噂を聞きましたが、本当でしょうか」

この手の噂は広がるのが早い。玉姫に仕える志桜里にとっては一大事だ。

「私も知ったばかりです。何でも御家老様のご意向とか。鎌田様が一任されているそうです」

志桜里は涙ぐんだ。

「あんまりです。殿様と奥方様が何年も連れ添われて子宝に恵まれないならともかく、寝所もともにされていないのに側室とは……。た、玉姫様がおかわいそうです」

志桜里が嘆くのは、もっともだ。

「その方は稀にみる美形と聞いています。殿様とはもう……」

真之介はあえて、笑顔を作った。

「殿はその女に、何やら疑念を持たれたようです。なので一度、お目通りをされただけです。今、その女のことを調べております。何かわかれば、志桜里殿には必ずお話しいたしますから」

志桜里は小さく頷いた。

四

翌日の酒場三祐——。

腰を下ろしたお染は大きな溜息をついた。万造、松吉、鉄斎の三人には、なんとなく、お染の心情が伝わった。

「面白え話じゃなかったみてえだな」

「まあ、呑んでくれや」

松吉が猪口に酒を注ぐと、お染は吸い上げるように呑んだ。

「どこから話したらいいのか、わからないよ」

お染は、また大きな溜息をついた。

「丹後屋の主は金五右衛門っていうんだけど、かなりの野心家だそうだ。商いを大きくするためだったら手立ては選ばないそうだよ。さすがに、お縄になるようなことには手を出さないそうだけど」

「まあ、それくれえじゃねえと、生き馬の目を抜く江戸じゃ、店の看板は守れねえだろうがな。なあ、松ちゃん」

「ああ。おれたちは今日、酒が呑めるかってことしか考えてねえからな」

松吉はお染に酒を注ぐ。

「金五右衛門には息子の他に四人の娘がいるんだけど、これが揃いも揃って器量よしだそうだよ。一番上の娘は武家の養女にしてから、大身の旗本に嫁がせている。男の子を産めば自分や店の格も上がると思ってのことらしい。二番目の娘も、どこぞの藩主の側室にさせたそうだ。その藩が、縮緬の生地らしく、商いに役立つと思ったのさ。まったく男ってもんは器量よしに弱いんだねえ。三番目の娘は……。忘れちまったけど、同じようなもんだろう。それで四番目の娘が、お李枝さんって女さ」

万造は「なるほどねえ……」と呟いてから——。

「殿様には子供がいねえ。その李枝さんが側室となって男の子を産めば、黒石藩お世継ぎの母親になれるかもしれねえって寸法か。金五右衛門にしてみりゃ、娘を養女に出したとはいえ、大名の縁者になれるってことでえ」

お染は酒を呑みほした。

「女の腹は〃借り腹〃ってことだよ。まったく、女を何だと思ってるのさ」

万造は苦々しい表情になる。

「てめえの格を上げるためや、商えのために娘を道具にしたってことか。なんて野郎だ」

「そうさ。でもね、話はここからなんだよ」

松吉は、お染に酒を注ぐ。

「なんでえ、まだ続きがあるのかよ」

「あるあるのこんこんちきってやっさ。殿様の側室になるかもしれない、お李枝さんのことだよ。お萩さんが言うにはね、お李枝さんは金五右衛門の本当の子じゃないそうだ」

「そりゃ、どういうことでえ」

「お李枝さんは、久松町(ひさまつちょう)あたりにある長屋に住む職人の娘でね。父親は呑んだくれで、母親は身体が弱く、借金まみれの暮らしだったらしい。このままじゃ、親が作った借金のために、岡場所(おかばしょ)に売られちまうだろうって、世間(せけん)じゃよくある話さ。ところが、このお李枝さんが大変な器量よしでね、その器量に目をつけた丹後屋の旦那が、借金を請(う)け負(お)う代わりに、お李枝さんを養女としてもらったってことだ」

「人買いじゃねえか。それは、お李枝さんがいくつのときの話でえ」

「お萩さんが言うには、四、五年前、お李枝さんが十五くらいのころらしい。お李枝さんは三人の姉たちよりも器量がよくて、金五右衛門は、お李枝さんを使えると思ったに違いないって」

「まるで品物みてえな扱いだぜ」

「丹後屋に来てから、お李枝さんは姉さんたちに苛め抜かれたそうだ。一番上の娘はもう嫁にいった後だったみたいだけどね。姉さんたちも器量よしで評判だったのに、お李枝さんはもっと美しかった。それが借金の質にもらってきた娘ってんだから、憎かったんだろうよ。お萩さんは、お店の裏で泣いているお李枝さんを何度か見かけたことがあるって言ってた。それからこれは、お店の中の噂だってことなんだけど……」

お染は口を濁した。

「どうしたんでえ」

「金五右衛門はお内儀に隠れて、十五、六のお李枝さんに手をつけていたって……」

万造と松吉は驚いたようだ。

「と、とんでもねえ野郎だ。養女とはいえ、てめえの娘に手をつけるなんざ、犬畜生にも劣るじゃねえか」

「ああ。それもまだ半分子供みてえな娘じゃねえか。その、手をつけた娘を今度は道具として使おうってえのかよ。許せねえ」

お染は呑みかけていた猪口を置いた。

「そして、金五右衛門は、お李枝さんを知人の武家の養女にした。名のある武家に嫁がせるためにね。おそらく、その武家がお李枝さんの嫁ぎ先を見つけたんだろうよ」

「それが、黒石藩の殿様の側室ってわけか。殿様も軽くみられたもんだぜ」

お染はもう一度、猪口を取って酒を呑んだ。

「あたしが仕入れてきた話はここまでだよ」

今まで聞き役に回っていた鉄斎が――。

「この話を真之介さんから聞いた殿はどうするだろうな」

万造は酒をあおった。

「そりゃ、怒り心頭(しんとう)ってやつでしょう。てめえが手をつけた女を差し出すなんざ、とんでもねえ話ですぜ」

「おうよ。お手打ちになったって文句は言えねえや」

鉄斎は何かを思案しているようだ。お染は鉄斎の猪口に酒を注ぐ。

「旦那。どうしたんですか」

鉄斎はその猪口に口をつけた。

「まず考えなければならないのは、お李枝さんの気持ちではないかな。お李枝さんは呑んだくれの父親のせいで金五右衛門に売られた。そこで、姉たちに苛められ、金五右衛門には弄ばれた。そして金五右衛門のために嫁がされる。人としての扱いを受けていないではないか」

お染は頷く。

「本当だねえ。きっと自分の気持ちなんて言えたことは一度もなかったんだろうね。岡場所に売られるよりはマシだと思って、ずっと耐えてきたんだよ」

お染は涙ぐんだ。

暖簾を潜って入ってきたのは真之介だ。座敷にいる四人の背中は丸まっている。

「ど、どうかしたのでしょうか」

真之介は、ただならぬ気配を感じたようだ。お染は気づかれぬように涙を拭った。

「真之介さん。調べてきましたよ。ここに座ってくださいな」

真之介は暖簾の方に目をやる。店に入ってきたのは高宗だ。万造は声を上げる。

「と、殿様……」

お染は膝を正す。

「お染さん、それから、お栄ちゃんも気にするこたあねえ。この人は殿様って渾名の黒田三十郎さんだ。貧乏旗本の三男坊でえ。さあ、三十郎さん。こっちに座ってくだせえ。お染さんが調べてきてくれましたぜ。お栄ちゃん。酒を二、三本持ってきてくんな」

お染は、高宗と真之介にすべてを話した。座敷は、濃い陰影に覆われている。

真之介は「そうだったのですか」と呟いてから――。

「殿が言ったのです。あの目は人形の目だ、血の通っている女の目には見えないと。殿はその理由を知りたかったのでございますね」

「操り人形だったというわけか」

高宗が独り言のように言うと、万造は微笑んだ。

「世間知らずな殿様も少しは大人になって、人を見る目が育まれたってことですかい。ねえ、旦那」

鉄斎は笑った。お栄が徳利と猪口を運んできた。

「殿様。李枝って女を救ってあげてください」

お染が、その猪口に酒を注ぐ。

「あたしからもお願いします。お李枝さんを人形から血の通った女にしてあげてください。操り人形ではなく、自分の気持ちで動くことができる、一人の女に……」

高宗は頷く。

「わかった」

鉄斎が高宗に酒を注ぐ。

「ところで、殿。ご正室の玉姫様は十七になられたそうですが、いまだ殿は寝所をともにしていないとか」

「いや、まあ……。て、鉄斎。何でそんなことを知っておる。真之介、お前か」

「い、いえ。わ、私ではありません」

鉄斎は助け舟を出す。

「先日、工藤殿からお聞きしました」

「工藤め。余計なことを喋りおって」

「藩の重鎮の方々も、そのことを懸念して側室話が浮上したのではありません か。お世継ぎの誕生は、黒石藩の安泰のためでもあります。殿は家臣たちに心配 や不安を与えてはなりません。それが藩主というものです」

高宗は黙って、注がれた酒を呑んだ。

「藩主などというのは面倒なものじゃのう。おれも、鉄斎のように、おけら長屋 で気楽な暮らしがしてみたいわ」

真之介は高宗を見据えた。

「ですが、殿は紛れもなく我が藩のご藩主です。たくさんの面倒なことや苦しみ も背負っていただかねばなりません」

高宗の口から笑いが洩れた。

「真之介。お前も言うようになったのう」

「じつは……、先日、殿とお忍びで、おけら長屋に行くところを志桜里殿に見られていたのです。江戸城御濠の件と偽って出かけたときのことです。その話を志桜里殿から聞いた奥方様は、殿が外に囲っている側女のところに通っていると思われたそうです。奥方様はひどく傷つかれたそうなので、志桜里殿におけら長屋のことを話しました」

「そうか。話したのか」

松吉が真之介に訊く。

「志桜里ってえのはだれでえ」

「奥方様のお側に仕えている奥女中です。その志桜里殿から聞いた話ですが、奥方様は寂しがっておられるのです。十七になっても殿からは子供扱いをされ、女として見られていないことを悲しんでいるのです。志桜里殿もそんな奥方様を見ているのが辛(つら)いそうです」

「そんなことはないのだ。おれは、玉姫が十八になるまで待つつもりだったのだ」

お染が割って入る。

「そのことを、奥方さんにお伝えになったことはありますか」

高宗は黙った。

「女心がわかってませんねえ。十七といえば立派な女なんです。女にはね、言葉で言わなければ伝わらないことがあるんですよ」

お栄も加勢する。

「そうですよ。その上、側室を娶るなんて話が耳に入ったら、奥方さんはどんな思いをするか。よくそれで殿様が務まりますね」

鉄斎は苦笑いを浮かべる。

「おいおい。この方は黒石藩の……」

「本物の殿様だろうが、旗本の三男坊だろうが、知ったこっちゃありませんよ。ねえ、お染さん」

「そうだよ。あたしたちは、人としての話をしてるんですから。殿様はね、その李枝って女だけじゃなく、奥方さんのことも守ってあげなければならないんですからね。わかりましたか」

真之介はだれにともなく語りだす。

「武家は厄介です。仕来り（しきたり）やら面目やらで、みな、思ったことを相手に言いません。殿も、奥方様も、家臣たちも……。おけら長屋のみなさんと出会って、わかってきたことがあります。おけら長屋の人たちの絆（きずな）はどこから生まれてくるのでしょうか。それは、本気で思っていることをぶつけ合うからです。それも自分勝手な思いではありません。本気で相手のことを思ってぶつかるのです。そして、喧嘩（けんか）になって、泣いて、笑って、絆を深めていくのだと思います」

鉄斎は頷いた。

「真之介さんの言う通りかもしれんな」

高宗は呟く。

「さて、どうすればよいかのう」

お染が微笑む。

「奥方さんとお李枝さんを同時に救う手立てを教えてあげましょうか。みんなが、それぞれに本気で話し合えばいいんですよ。殿様と奥方さん、お李枝さんと志桜里さん……。そうすれば、あら不思議。知らないうちに話はまとまっちまいますから。ねえ、旦那」

万造と松吉も微笑む。

「おれたちは、丹後屋の金五右衛門に、ちょいと、お灸を据えてもいいですかね」

「なーに、ほんの洒落ですから。あははは」

鉄斎は苦笑いを浮かべながら、鼻の頭を掻いた。

五

玉姫がいる奥御殿を、いきなり訪ねてきたのは高宗だ。

「おれは、今夜はここで寝ることにした」

いきなりの言葉に玉姫は驚く。

「嫌か」

「い、いえ……」

高宗は玉姫の前に座り、頭を下げた。

「すまなかった。お玉を正室に迎えたとき、まだ十歳だった。それから七年、お玉が女として成長していくことに配慮が足りなかった。おれは、お玉が十八になったら寝所をともにするつもりだったのだ」

「殿……」

「そんなことを、お玉や家臣の者たちに告げるのは、なんだか気恥ずかしいではないか。だが、それがいけなかった。家臣たちに心配をさせ、志桜里や真之介にもずいぶんと気を遣わせてしまったようだ。そして、李枝という女にも迷惑をかけたかもしれん」

高宗は玉姫を見つめた。

「今夜から、そなたが名実ともにおれの妻だ」

高宗は玉姫を抱き締めた。

玉姫の頰（ほお）には涙が伝う。

「嬉しゅうございます……」

しばらく、二人はそのままでいた。

玉姫は高宗の胸に顔を埋（うず）めたまま――。

「殿。李枝殿のことは志桜里から聞きました」

「李枝のどこまでを聞いたのだ」

「真之介が聞いてきた李枝殿のすべてです。その話を真之介から聞いた志桜里が、私に話してくれました」

玉姫は涙声になる。

「かわいそうに……。李枝殿がかわいそうです。殿、李枝殿を側室に迎えてはいかがですか。私のことを気にすることはありません。私は殿から、先程のお言葉を頂戴しただけで満足です。私と李枝殿のことは切り離してお考えください。坂井殿や鎌田殿の言うことも、もっともです。世継ぎの誕生は我が藩安泰にとって必要なこと。私でも李枝殿でも、世継ぎを誕生させることが大切なのです。それに……」

玉姫は一度、言葉を呑んだ。

「殿なら、李枝殿を幸せにすることができると思います。たくさんの辛い目に遭ってきた李枝殿に心安らかに暮らせる場所を与えてあげたいのです」

「それは、お玉の本心なのか」

「わかりません。心の底の、そのまた奥では嘘を言っているのかもしれません。でも、李枝殿に幸せになってほしいと願っているのは本当です」

高宗は玉姫の背中を優しく撫でた。

「お玉の気持ちはわかった。李枝のことはおれに任せてくれ。しばらくは、お玉。この奥で行儀見習いとして預かってもらえないか。それで……」

高宗は背中を撫でる手を止めた。

「李枝の面倒は、志桜里にみさせてほしいのだ。李枝は心にたくさんの闇を抱えている。志桜里は李枝と同い年だろう。志桜里になら心を開くかもしれん」

「操り人形が一人の女に戻れるかもしれない、ということですか」

「そうだ」

「殿とこのようになれたのも、志桜里に李枝殿の心を開かせようとするのも……」

玉姫は口元から小さな笑いが洩れた。

「何だ」

「おけら長屋の者たちに教えられたのですね」

高宗は慌てる。

「お、おけら長屋だと。そ、そんなことはないわ。これは、おれが考えて……」

玉姫は顔を高宗の胸から離した。

「嘘ばっかり。おけら長屋の者たちに諭されたと、真之介が申していたそうです」

「し、真之介め。許さん」

玉姫は笑いながら、もう一度、高宗の胸に顔を埋めた。


志桜里と李枝は寝食をともにするようになった。

「志桜里殿。私はどうなるのでしょうか。お殿様の側室にはなれないということですか」

「李枝殿が心配することは何もありません」

志桜里は、優しく李枝の手を取った。

「ねえ、李枝さん。私と李枝さんは同い年の女同士。二人きりのときは、志桜里さんと呼んでちょうだい」

李枝の表情(かお)が少し緩(ゆる)んだ。志桜里は、そんな李枝の顔を覗き込むと、にっこり笑った。

「そうそう、とっておきがあるのよ、ちょっと待って」

そう言うと、志桜里は座敷の隅にある箱膳(はこぜん)から、竹皮の包みを取り出した。いそいそと皿に載(の)せると、李枝の前に置く。

「みたらし団子(だんご)と胡麻(ごま)団子が一本ずつ。ねえ、李枝さん。正直に言って。どちらがお好き？」

李枝は答えない。

「ねえ、答えて。みたらし団子と胡麻団子、どっちが好きなの？」

「みたらし団子……」

志桜里は胸に手をあてる。

「よかった〜。私は胡麻団子の方が好きなの。これで喧嘩にならずに済むわね」

李枝がほのかに笑った。志桜里は、李枝の笑った顔をはじめて見た。志桜里は胡麻団子に齧(かじ)りつく。

「ねえねえ、李枝さん。犬と猫とどちらが好き?」

「……ね、猫……」

「私ね、内緒で猫を飼っているのよ。いや、飼ってるわけじゃないけど、夜になると、そこの庭先に餌をもらいに来るの。まだ子猫でね」

「私もその猫を見てみたいです」

「今夜も来るはず。だから、夕餉の膳から猫が食べられそうなものを取っておかなければならないの。李枝さんも少しだけ分けてくれると嬉しいわ。お魚があればいいのだけど」

その夜、志桜里と李枝は庭先に出た。志桜里は小さな声で——。

「りんちゃん。りんちゃん。どこにいるのかな。りんちゃん」

暗闇から子猫の鳴き声が聞こえる。

「りんちゃん。早くおいで」

暗闇から子猫の姿が見えてくる。

「大丈夫よ。私のお友だちだから」

志桜里が小皿を置くと、子猫は一心不乱に餌を食べる。

「かわいそうに。お腹(なか)が空(す)いてたんだね」

李枝は黙って子猫を見つめている。

「こんなに小さいのに、親とはぐれてしまったのかしら。でも、この子は泣いたり、悲しんでいることなんてできない。一人で必死に生きていかなければならないから。でもね、李枝さん。人は違うわ。必ず、李枝さんのことを心から思って、一緒に笑って、泣いてくれる人がいる。それだけは忘れないで」

李枝はそのまま、黙って子猫を見つめていた。

黒石藩の藩邸を訪ねてきたのは島田鉄斎だ。田村真之介は、鉄斎を座敷に通した。しばらくすると高宗がやってきて、上座(かみざ)に腰を下ろす。

「珍しいな、鉄斎が直々(じきじき)にやってくるとは」

「仕方ありません。万松の二人を寄こすわけにはいきませんから」

「嫌味な言い方じゃのう。嫌々、ここに来たというわけか」

高宗は笑った。

「万松の二人ということは……」

「はい。長屋の連中は、丹後屋金五右衛門のことをいろいろと探っていたようです」

「探るというと……」

「万松の二人は、丹後屋金五右衛門に灸を据えようとしています。そのためには丹後屋の弱みを握らなくてはなりません」

「なるほど。それで何かをつかんだというわけか」

鉄斎は心持ち声を落とした。

「まず、その前に……。李枝さんは十五のとき、借金を立て替えてもらう代わりに金五右衛門の養女になったわけです。まあ、売られたようなものですが。その一年後に李枝さんの父親は卒中で亡くなったそうです」

「そのことを、李枝は知っているのか」

「はい。李枝さんが住んでいた久松町の長屋には身体の弱い母親だけが残った。金五右衛門は、毎月、暮らしていける金子をその母親に届けると、李枝さんに約束しました」

「ほう。金五右衛門にも慈悲の心はあったというわけか」

「とんでもない。これは、お染さんが聞き込んできたことで確かな証はありませんが、金五右衛門は、そのことを餌にして、李枝さんに手をつけた。一人では暮らしていくことが難しい母親のことを考えると、李枝さんは金五右衛門の言いなりになるしかなかったのでしょう」

高宗の表情が強張る。

「しかし、金五右衛門は李枝さんの母親に金子を渡していなかった。実家と関わりを持つことを禁じられていた李枝さんは、そのことを知らなかった……」

「母親はどうしたのだ」

「長屋の人たちが面倒をみているようです」

高宗は拳で太腿を叩いた。

「許せん。なんという男だ。それで、金五右衛門の弱みとは……」

「松吉さんが、丹後屋の元番頭の与吉という男を見つけ出しました。この与吉を突っついてみたところ、自分から聞いたと明かさないならという約束で教えてくれたそうです。丹後屋は松戸にある代官所からの注文に対して、七割しか納入せず、十割の代金を支払わせて三割を儲(もう)け、その儲けの半分を代官に戻していたそうです」

「つまり、代官とグルになっていたということか」

「そういうことです。その与吉という番頭も金五右衛門に対して、何らかの恨(うら)みがあったのでしょう」

「代官所から金子を騙(だま)し取ったということは、お上を騙したも同然。それが公になったら、丹後屋はタダでは済まんな。万造と松吉はどうすると言っているのだ」

「そこです。万松の二人は、李枝さんを人形から一人の女に戻すための手立てとして使いたいそうです。李枝さんは、その後、どうされているのでしょうか」

高宗は小さく頷いた。

「行儀見習いという形で、奥に預けた。すまんが、もう少し時間(とき)をくれぬか。李枝は少しずつ心を開くと思う。李枝の本音(ほんね)を引き出して、李枝が望む通りにしてやりたいのだ」

鉄斎は微笑んだ。

その日の夜も、志桜里と李枝は、庭先で子猫に餌を与えていた。

「ねえ、李枝さん。耕介さんって……、だれなの」

子猫を眺めていた李枝は、顔を上げて志桜里を見つめた。

「ど、どうして、耕介さんのことを……」

「今朝方、寝言で何度も言っていたの。耕介さん、耕介さんって……」

李枝はまた子猫に目を戻した。

「私は丹後屋の主、金五右衛門の本当の娘ではないんです」

李枝が自分の身の上を話すのは、はじめてのことだ。志桜里は真之介から聞いた李枝の身の上を知らないことになっている。耕介という名は、はじめて聞いたが。

「本当は久松町の裏長屋で暮らす職人の娘なんです。だから、黒石藩のお殿様の側室になれるような身分の女じゃないんです」

志桜里は黙っている。その方が、李枝が話しやすいと思ったからだ。

「父は呑んだくれの博打好きで、母は身体が弱くて、借金に追われる暮らしでした。毎晩のように借金取りが来て、そのうち私はどこかの岡場所にでも売られるんだと覚悟はしてました」

李枝は、餌を食べる子猫の額(ひたい)を指先で撫でた。

「ある日、丹後屋の主という人が来て、借金を請け負ってやるから、私を養女にほしいと言ったんです。父は二つ返事でその話に乗りました。もちろん、私の知らないところで決まった話です。その父も、それから一年後に卒中で死にましたけど。それからは、母がどうしているかだけが気がかりでした。丹後屋の金五右衛門が心配するなと言ってくれたので、なんとか暮らしているのだと思いますが」

金五右衛門に弄ばれたとは言えない李枝の気持ちは、痛いほどわかる。志桜里も同い年の女だ。

「それで、丹後屋さんの養女となって、今度は武家の養女にさせられ、黒石藩藩主の側室になるように言われた……」

「ええ。私の名は淳(じゅん)というのですが、金五右衛門の養女となってから、李枝という名に変えられました。武家でも通る名前にしたかったのでしょう」

「名前まで変えさせられるなんて、それじゃ、まるで人形じゃないの」

「仕方ありません。そうでなくても、いずれは岡場所に売られる身だったんですから。それが私の運命なんです」

「そんなことはないわ。運命なんてあるはずがない。それは諦めた人が言う言葉よ。運命は変えることができるはずだわ」

「ありがとう。そんなことを言ってくれるのは志桜里さんだけです」

李枝の頬を涙が流れた。

「それで、耕介さんっていうのはだれなの。よかったら話して」

「久松町の長屋に住んでいたときの幼馴染みです。三つ年上の大工です。真面目で、優しくて、私を妹のようにかわいがってくれました。私は耕介さんのことが好きだった。ずっと、耕介さんの女房になることを夢見ていました。本当の夢になってしまいましたけど」

志桜里は心の中で呟く。

（やっと李枝さんの本当の気持ちを引き出せた。あとは、おけら長屋の人たちがどうにかしてくれる）

志桜里が子猫を抱き上げて頬ずりをすると、子猫は迷惑そうに、ニャ～と鳴いた。

酒場三祐で高宗と田村真之介を待っていたのは、万造、松吉、お染、鉄斎だ。高宗は座敷に座るなり――。

「真之介から聞いたが、丹後屋ではだいぶ派手にやったらしいな」

高宗は注がれた酒を勢いよく呑んだ。万造と松吉は丹後屋に乗り込むにあたって、真之介を同道させた。黒石藩藩主の側近として、武家が一人いた方が脅しが利くと考えたからだ。万造は高宗の猪口に酒を注ぐ。

「まずは、真之介さんに言わせやした。李枝さんの吊書には、丹後屋金五右衛門の四女とあるだけで、久松町の長屋に住む職人の娘とは書いてなかったのは、誠に不届きであると」

松吉が口を挟む。

「これが、まったく脅しにも何にもなってねえ。おどおどしちまって、笑っちまいましたぜ」

真之介は恥ずかしそうに顔を伏せる。

「金五右衛門は面の皮の厚い野郎で、正式な手続きで自分の養女にしたのだから、それ以前のことを書く必要はないと、突っ撥ねてきやした。まあ、このあたりは思った通りでして。なあ、松ちゃん」

「だがよ、松戸の代官所の話になったら真っ青になりやしてね。はじめは知らぬ存ぜぬを通していやしたが、黒石藩を通してお上に訴え出ると脅かしたら、腰砕けってやつでさあ」

「こんなときは、すぐに取り引きをはじめねえと。このことを黙っていてほしければ、李枝さんと縁を切り、二度と関わりを持たねえこと。それから、李枝さんにまとまった金を渡せと。金五右衛門は約束を破って、李枝さんのおっかさんに金を渡していねえ。それくらいは当たり前だろうと」

　高宗は身を乗り出す。

「それで、いくらふっかけたのだ」

「千両」

「そ、それは、ちとやりすぎではないのか」

「そこから、だんだん下げていくんでさあ。五百、三百、二百、百五十、百、七十、五十、四十五、四十……」

　松吉は万造の額を叩く。

「馬鹿野郎。縁日の叩き売りじゃねえや」

「まあ、金額についちゃ、また後日ってことにしやして、その日は退散。今日、松ちゃんと丹後屋に行って、金を受け取ってめえりやした」

万造は懐から包みを取り出して、高宗の前に置いた。

「どうか、李枝さんに渡してやってくだせえ」

「いくら、せしめてきたのだ」

「ざっと、二十七両で……」

「二十七両……。中途半端な額だな」

「た、たぶん、出せる金がそれしかなかった……んじゃ、ねえかと……」

お染と鉄斎が同時に笑う。

「ちょいと、松吉さんの懐を調べさせてもらってもいいかい」

松吉は両手で懐をおさえる。

「だ、だから、切りのいい額にしろって言ったんでえ」

「だってよ、五両も懐にいれちまったんじゃ、良心が咎(とが)めるじゃねえか」

「三両も五両も同じだろうがよ」

松吉は渋々（しぶしぶ）、懐から三両を取り出した。大笑いした高宗は懐から紙入れを取り出し、万松の前に一両を置いた。

「すまんが、これで勘弁してくれ。貧乏旗本の三男坊には、これが精一杯だ。ところで、お染さん。久松町の長屋の方は……」

お染は胸を張る。

「抜かりはありませんよ。李枝さん、いや、お淳さんにはまだ運があります。そりゃそうでしょう。辛いことだらけだったんですから。これくらいの運が残されてなけりゃ、神も仏もいないってことになっちまいますからね」

お染は美味（うま）そうに酒を呑んだ。

数日後――。

李枝は、高宗と玉姫の前に呼び出された。横には真之介と志桜里が控えている。李枝は面（おもて）を上げた。玉姫と対面するのは、はじめてである。

「噂にたがわぬ美しさじゃ。女の私（わらわ）でも見とれるのう」

高宗は咳払いをしてから――。

「さて、李枝。その方の処遇であるが……。その方を側室として迎えることはできなくなった。しかし、その方の養父、小田十内殿より、この高宗の側室になる旨の承諾は得てある。よって、その方の処遇はこの高宗に一任されることになる。よいな」

李枝の表情(かお)に変化はない。何度も他人の思惑や都合に振りまわされ続けてきた身の上だ。今さら何を言われたところで驚くこともない。

「李枝。その方は、この高宗が決めた男の嫁になるのだ。よいな。真之介。その男を連れてまいれ」

真之介が職人風の男を連れてきた。その男は武家の屋敷に入ったことなどあるはずもなく、縮こまっている。まして半纏(はんてん)に股引(ももひき)という出で立ちではなおさらだ。李枝はその男の顔を見ようとはしない。

「李枝。その方は、この男の嫁になるのだ」

その男は李枝に向かって――。

「お、お淳ちゃん……」

その声に驚いて、李枝は男の顔を見る。

「こ、耕介さん……。ど、どうしてここに……」

「おれにも、よくわからねえ。お淳ちゃんと所帯が持てるってえから、ついてきたんだ。おれは、お淳ちゃんがいなくなったときから、所帯は持たねえって心に決めてたんでえ。だけど……」

志桜里が少し前に出た。

「李枝さん。耕介さんはね、李枝さんのお父様が亡くなってから、ずっと、お母様の面倒をみてくれていたんですよ」

「耕介さん……」

高宗の口調は厳しくなる。

「李枝。この男の妻になるのか、ならんのか、どっちだ」

志桜里の声も大きくなる。

「李枝さん。はっきり答えて。あなたの本当の気持ちを聞かせて。そうすれば、あなたは操り人形ではなく、一人の女になれるのよ。李枝さん」

李枝は涙を拭うと、ゆっくり頷いた。そしてはっきりと言った。

「この人の妻になります」

高宗は満足気だ。

「そうか。それはめでたい。李枝。その方は、丹後屋金五右衛門とも、小田十内とも、この津軽甲斐守高宗とも、一切関わりのない一人の女になった。もう、その方を操る者はだれもいない。真之介……」

真之介は高宗から包みを受け取ると、李枝の前に置いた。

「それは、この高宗からだ。おっかさんを大切にしてやるんだぞ」

李枝と耕介は人目もはばからず抱き合って泣いた。

玉姫は小声で――。

「嘘ばっかり。何から何まで、おけら長屋の者たちがやったことだと、真之介が申しておりました」

玉姫は笑いを堪えながら、抱き合う李枝と耕介を優しい眼差し(まなざ)で見つめた。

本所おけら長屋（十八）　その弐

たけとり

一

酒場三祐で万造と島田鉄斎が呑んでいると、遅れてやってきたのは松吉だ。

「お栄ちゃん。熱いのを頼むぜ」

腰を下ろした松吉は鼻をひくつかせる。

「なんでえ、松ちゃん。何か面白え話でも仕入れてきたのかよ」

松吉は、お栄が投げた猪口を受け取り、万造がその猪口に酒を注ぐ。

「面白えっていえば、面白えが、馬鹿馬鹿しいっていえば馬鹿馬鹿しい話だ」

松吉はその酒をあおった。

「六間堀町に老いぼれ夫婦がやってる竹細工の店があるだろう」

「ああ。竹屋ってそのまんまの名前の小さな店だ。確か、大家の知り合いじゃねえか」

「そうだったけかな。まあ、そんなこたあどうだっていいや。そこの爺が竹を細工して、一輪挿しやら、ぐい呑みやら、置物なんぞを売ってるって寸法よ」

万造は面倒臭そうに――。

「それがどうかしたのかよ」

「話はここからでえ。その年老いた夫婦は、店の奥に二人で住んでるそうだが、このところ、奥に若え娘がいるらしいってんだよ」

「孫でも遊びに来たんじゃねえのか」

「いや、その老夫婦に子供はいねえ。その娘を見た者は、ほんの数人しかいねえって話だが、目も眩むような美しさだそうだ。つまりよ……」

松吉は酒で喉を湿らす。

「その娘は、爺が仕入れてきた竹の中にいたんじゃねえかって噂だ」

「どこかで聞いたことがある話じゃねえか」

万造は首を捻る。

「そうよ。その娘は、かぐや姫でえ」

お栄がやってきた。

「あたしが聞いた話とは違うよ」

松吉は、お栄から徳利を受け取る。

「どう違うんでえ」

お栄は盆を胸に抱える。

「竹屋さんの前で美しい娘が倒れていたそうだよ」

お栄は一人芝居をはじめる。

「お爺さんは娘を抱き起こして――。

『娘さん。どうしなさった』

『急に差し込みが……』

『それはいかん。婆さん。婆さんや』

――竹屋の老夫婦は、その娘を一生懸命に介抱したそうな……。そして――。

『私は鶴と申します。しばらくの間、ここに置いてもらってもよろしいでしょうか』

『お鶴さんというのかい。ずっとここにいてもいいんだよ』

『その竹を私にください。決してこの襖を開けてはいけませんよ。いいですね』

翌朝、娘は見事な竹細工の鶴を差し出した。それが三両という大金で売れ、老夫婦は大喜びしたんだとさ。めでたし、めでたし」

松吉は呆れ返る。

「まだ、かぐや姫の方がまともな話になってるじゃねえか。ねえ、旦那」

鉄斎は笑う。厨から主の晋助が出てきた。

「おれが聞いた話はこうだ。竹屋の前には六間堀があるだろう。ある朝、竹屋の爺が店の前に出てみると、六間堀の上手から大きな桃が、どんぶらこ、どんぶらこと流れてきたそうだ。爺がその桃を割ってみると、中から珠のような女の子が出てきた。爺はその子を桃姫と名づけたそうだ……」

ずっと聞き役になっていた鉄斎が──。

「まあ、成り行きはともかくとして、竹屋さんに若い娘がいることだけは間違いないようだな」

その翌日──。

竹屋の主、彦之助がその娘を連れて、おけら長屋の大家、徳兵衛のところにやってきた。

「徳兵衛さん。ご無沙汰をしております」

深々と頭を下げる彦之助の後ろでは、若い女がかしこまっている。

「これは、遠縁の娘で、お竹といいます」

その女は「竹でございます」と挨拶をした。

「今日は、このお竹のことで徳兵衛さんにお願いがあって参りました」

徳兵衛と彦之助は、いわゆる顔見知りという間柄で、特に親しいわけではない。徳兵衛の胸は不吉な思いに包まれるが、まだ何も聞いてはいないので表情には出さない。

「お竹は神田山下町の富士見長屋で亭主の六蔵と暮らしているのですが、この六蔵がお竹に殴る蹴るの狼藉を働き、特に酒が入るとひどくなるそうで……」

徳兵衛はお竹に目をやった。左頬や唇の横が薄く紫色になっている。おそらく殴られた痕なのだろう。

「そんなわけで、お竹は私のところに逃げてきました。その間に、富士見長屋の大家さんが、離縁をするように六蔵を説得するそうです」

徳兵衛の胸に黒い霧が立ち込めだした。

「それで、私に何をしろと……」

「この、お竹をしばらく、おけら長屋で預かってもらえないでしょうか」

徳兵衛は胸の中で「それか」と呟いた。

「彦之助さんのところでもよろしいかと思いますが」

彦之助は頭を少し低くした。

「六蔵は、このお竹を血眼になって捜すかもしれません。もし、私のところに乗り込まれでもしたら、年老いた私と婆さんだけではどうしようもありません。お竹は殺されてしまうかもしれません。どこかに、お竹をかくまってくれるところはないかと考えました。婆さんが言うには、おけら長屋しかないと」

「ほう。なぜ、おけら長屋なのでしょうか」

「悪名高きおけら長屋なら、六蔵も容易く手は出せないでしょう。本所界隈では、与太者も、破落戸も、無頼漢も、おけら長屋には近づかないと評判です」

「褒めていただき、大家としても嬉しい限りです」

「近ごろは、野良犬さえ近寄らないという噂です」

「嬉しいお言葉に涙が出そうです」

彦之助は両手をついた。

「ほんの少しの間で結構でございます。どうか、この年寄りと、か弱い女を助けると思って……。〝仏の徳さん〟と言われる徳兵衛さんにお頼みするしかないのです」

「仏の徳さんですか……。はじめて聞きましたな」

お竹も両手をつく。

「お願いいたします」

徳兵衛は断る理由がみつからず、渋々ながら引き受けることにした。

「ありがとうございます。では、お竹は残していきます。後でお竹の荷物は届けますので」

彦之助は逃げるように消えていった。

徳兵衛の家に呼ばれたのは、お染と島田鉄斎だ。

「そういうわけで、このお竹さんをおけら長屋でお預かりすることになりました」

お竹はお染と鉄斎に向かって深々と頭を下げた。

「お竹さん。この長屋でまともに話が通じるのは、このお染さんと島田さんだけです。他の連中とはできるだけ関わらないようにしてください」

お染は笑う。

「大家さん。そんな大袈裟な……」

「大袈裟ではありません。お竹さんのような若い女がおけら長屋に来たとなれば、万松の二人や、辰次あたりが色めき立つに決まっています。血の気の多い八五郎さんがご亭主の六蔵さんのことを知ったらタダでは済みませんよ。お里さんや、お咲さんに事の次第が知れたら、あっという間に噂が広がり、六蔵さんに、お竹さんの居所がわれてしまいます」

お竹は小さな声で――。

「あの……、ここはどのような長屋なのでしょうか」

お染はまた笑った。

「大家さんは大袈裟に言ってるだけですから心配いりませんよ。大家さん。お茶でも淹れましょうか」

「お茶なら私が……」

お竹は立ち上がると、急須や湯飲み茶碗を探す。

「いいですよ。今日はあたしがやりますから。お竹さんは気が利く人なんですねえ」

勝手知ったるお染が茶を入れると、鉄斎は湯飲み茶碗を手にした。

「それで、お竹さんはどこで暮らすのですか」

徳兵衛も茶を啜る。

「それですが……」

「あたしのところでかまいませんよ。お竹さんが嫌でなければ、ですけどね」

お竹の表情は明るくなった。

「とんでもありません。よろしくお願いいたします」

徳兵衛は、ほっとしたようだ。

「助かります。お染さんか、お律さんにお願いするしかないと思っていたもので」

鉄斎は湯飲み茶碗を置いた。

「長屋のみんなには何と言うのですか。お竹さんは怪我をしているようですし、いろいろ勘ぐられると思いますが」

徳兵衛は唸る。

「うーん……。六蔵という亭主のことは言わないほうがいいでしょう。もし、おけら長屋にお竹さんがいることが知れて、取り返しにでも来たら面倒なことになります」

お染は頷く。

「富士見長屋の大家さんが、お竹さんのご亭主をうまく説得してくれればよいのですが」

「お竹さんは竹屋の彦之助さんの遠縁の娘で、怪我の治療のために草加の在あたりから出てきたことにしましょう。彦之助さんのところでは手狭なので、しばらく、おけら長屋に置いてほしいと頼まれたと」

お染は頷く。

「それから一度、聖庵堂で診てもらいましょう。足も痛そうにしているし。お満さんだけには本当のことを話しておきます。万造さんには内緒にしてくれって、釘を刺しておきますから」

「おお。それはいい。お願いしますよ」

　そんな経緯で、お竹はおけら長屋で暮らしはじめた。


　酒場三祐で車座になっているのは、万造、松吉、八五郎の三人だ。八五郎はメザシをくわえて引きちぎる。

「お染さんのところに若え女がいるそうじゃねえか」

　万造の口からはメザシの尾びれだけが出ている。

「竹屋の彦之助爺さんの遠縁で、お竹っていうらしい。これがなかなか乙な女でね」

「歳はいくつなんでえ」

　松吉はお栄が近くにいないのを確かめてから――。

「二十一、二ってとこじゃねえかな。器量よしだしよ。その上、愛想もいいし、気も利くってこった」

「お里の話によると、その、お竹さんは怪我をしてるそうじゃねえか。顔には痣があったってよ」

松吉は頷く。

「ああ。怪我をして、その治療のために、どこぞから出てきたみてえだな。訳ありだと思うぜ。あれは転んでできた痣じゃねえ。殴られた痕にしか見えねえ。おれが思うに……」

「何でえ」

松吉は声を落とす。

「手込めにされたんだよ」

「て、手込めだと～」

八五郎の言葉に、お栄が振り向く。

「声がでけえよ。そう考えりゃ、すべて合点がいくじゃねえか。若え娘が手込めにされたとあっちゃ、人目もあるから家には置いておけねえ。そこで、遠縁の彦之助爺さんのところで、ほとぼりが冷めるまで預かってもらおうってことになったのよ」

八五郎は涙ぐむ。

「かわいそうになあ。いいか、おめえたち。お竹さんを変な目で見るんじゃねえぞ。身体だけじゃねえ、心まで傷つけることになっちまうからよ」

「そうだったのか……」

万造が呟いた。

「どうしたんでえ」

「お竹さんは聖庵堂に通ってるそうだ。おれも顔の痣が気になったから、それとなく女先生に訊いてみたのよ。なんで怪我をしたのかって」

「お満先生は何て答えたんでえ」

「それが、なんとも歯切れが悪い。そうか……。手込めにされたってんなら、言えるわけがねえな」

気がつくと、万造の後ろにだれかが立っている。

「そ、その手込めってえのは本当の話か……」

万造が振り返ると、そこに立っていたのは研ぎ屋の半次だ。

「は、半次じゃねえか」

半次は女に惚れやすく、その上、ちょっとしたことで、女が自分に惚れていると思い込む能天気な男だ。本所界隈では「早呑み込みの半ちゃん」「わかったの半の字」「岡惚れの半公」などの異名を持っている。松吉は舌打ちをする。

「まずい野郎に聞かれちまったぜ」

半次にそんな言葉は聞こえないようで、三人の席に割り込む。

「竹屋のかぐや姫に、真っ先に目をつけたのはおれだ。何度か店を覗きに行ったんだが、二、三日前から姿が見えねえ。婆を問い詰めたら、口を滑らしやがった。おけら長屋にいるってえじゃねえか。勝手なことをしやがって。いいか、かぐや姫はおれのものだからな」

万造は呆れ顔で尋ねる。

「半次。おめえ、かぐや姫、いや、お竹さんと話したことがあるのか」

「ねえ」

半次はきっぱりと答えた。

「ねえって、それじゃ、お竹さんとは赤の他人も同然じゃねえか」

「そんなことはねえ。竹屋に研いだ包丁を届けに行ったときのことでえ。爺と婆がいなくてよ、奥から出てきたのが、かぐや姫のお竹さんだ。そのとき、お竹さんと目が合ったと思いねえ。お竹さんの瞳は潤んでいた。あれは間違えなく、おれに一目惚れしちまった目だ」

「その、ちょいと前に欠伸でもしてたんじゃねえのか」

半次は他人の話など聞いてはいない。半次は前にあった万造の猪口の酒を呑みほした。

「そうかい。手込めかい……」

半次は涙を拭った。

「そんなことがあったからって、おれの気持ちは変わらねえぜ。おれが必ず、幸せにしてやるからな」

万造と松吉と八五郎の三人は、大きな溜息をついた。

二

お竹は気立てがよく、そして、よく働く。朝になると稲荷や便所を掃除して、路地をホウキで掃く。

「あっ。お里さん。おはようございます」

「お竹さん。いいんだよ、そんなことをしなくても。まだ身体だって本調子じゃないんだろう」

「でも、お世話になっているんですから、これくらいしないと。それに、何もしないと身体が鈍ってしまいますから」

お里は涙を堪えて、笑顔を作る。

(手込めにされたっていうのに、なんて健気な女なんだろう)

堪えきれなくなったお里は、背中を向けて涙を拭う。

「お里さん。どうかしたんですか」

「な、なんでもないよ。ちょいと目にゴミがはいってねえ」

「そうなんですか。ちょっと見せてください。私が取ってあげますから」

(自分の心も身体も傷ついているというのに、あたしのことを気遣ってくれるのかい。なんて、優しい女なんだろう)

お里は号泣する。

「どうしたんですか。そんなに痛いんですか」

　お里は、その場で泣き崩れた。


　辰次が井戸で手を洗っていると、水を汲(く)みに来たのはお竹だ。

「前をすいません。水を汲ませてくださいな」

　お竹が辰次の手を見ると、指先に血が滲(にじ)んでいる。

「ど、どうしたんですか」

「どうってことはねえです。包丁を研いでいたら、ちょいと手を滑らせちまいましてね」

「見せてください」

　お竹は辰次の手をとると、傷口に目をやる。

　そして、懐(ふところ)から、小さな巾着袋(きんちゃくぶくろ)を取り出した。中には貝殻(かいがら)が入っている。

「そ、それは……」

「お満先生からいただいた塗(ぬ)り薬(ぐすり)なの。ちょっと滲(し)みるかもしれないけど」

　辰次は、お竹が手込めにされて怪我をしたと聞かされている。お竹の顔には、まだうっすらと痣が残っていた。

「お竹さん、魚は好きですかい」

「ええ。大好きです。高い魚は滅多に食べられないけど」

「それじゃ、今度、持ってきますから。売れ残った魚で申し訳ねえですが」

「本当ですか。嬉しい……。あ、あの、辰次さんは独り身なんですか」

「そ、そうですが……」

「辰次さんのおかみさんになる人は幸せですね」

「魚が食べられるからですかい」

「違います。辰次さんが優しい人だからです」

「そんなことがわかるんですかい。ちゃんと話したのは、今日がはじめてじゃねえですか」

「わかります。優しい人だなと思って裏切られることはあるけど、辰次さんは違う」

「どう違うんですかい」

「うーん。うまく言えないけど、違うんです」

（お竹さんのような、心に汚れのない女が手込めにされるなんて……）

辰次は世の中の不条理が許せなかった。それと同時に、お竹を幸せにできるのは、自分しかいないのではないかとも思いはじめた。

お染とお竹が湯屋から戻ったのを見計らったように、引き戸越しに声がかかる。

「魚辰です。辰次です。鯵が売れ残っちまったもんで、塩焼きにしてきました」

引き戸を開いたお染は、鯵を見て目を輝かせる。

「どういう風の吹き回しだい」

「ちょいと、お竹さんに世話になったもんですから。一緒に食べてくだせえ」

奥から、お竹が顔を覗かせる。

「辰次さん。指の具合はどうですか」

辰次が顔を赤くしたのを、お染は見逃さない。

「へい。すっかり傷口もふさがりやした。それじゃ、あっしはこれで……」

お染は皿を持って座敷に上がる。

「風呂上りに一杯やろうと思っていたところへ、鯵の塩焼きとは嬉しいじゃないか。お竹さんは呑ける口なのかい」

「少しなら……」

「呑める人は、必ずそう言うのさ」

「本当です。本当に少しだけですから」

お染とお竹は、膳を真ん中にして向かい合った。

「くう〜。五臓六腑に染み渡るってやつだね」

お竹は、猪口の酒に口をつけただけだ。本当に酒は嗜む程度なのかもしれない。

「亭主の六蔵さんとは、どこで知り合ったんだい」

「六蔵は大工なんです。私が奉公していたお店の普請に来ていて、そこで知り合いました。腕も確かだったし、優しい人でしたから。六蔵は早くに両親をなくしていて、早く所帯を持ちたかったみたいです。本当に優しい人だったんです」

お竹は目を伏せた。

「ごめんよ。嫌なことを思い出させちまったようだね」

「そんなことはありません。一緒になって半年くらいたってからのことです。珍しくお酒を呑んで帰ってきた六蔵は、なぜか機嫌が悪くて……。理由を尋ねても何も答えません。しばらくすると、私と善さんの仲が怪しいと言い出したんです。善さんというのは、同じ長屋に住んでいた職人さんです。風邪をひいて寝込んでいると聞いたものですから、お粥を届けただけなんですけど」

「それを思い違いされたのかい」

「いきなり顔を殴られました。そのまま寝てしまった六蔵は、翌朝、痣のある私の顔を見て、泣いて謝るんです。すまなかったと。許してくれと」

お竹は徳利を持って、お染に酒を勧める。お染は、涙ぐみながらも酌をするお竹の気遣いに驚いた。

「すまないね。次からは手酌で呑るから気にしないでおくれよ。それから、六蔵さんは、お竹さんに手を上げることが増えていった……」

「ええ。お酒を呑んで帰ることが多くなって……。私がだれだれに色目を使ったとか、楽しそうに話していたとか。化粧が濃くなったとか……。乱暴もだんだんひどくなって、髪の毛をつかんで、引きずり回されたり、蹴られたり……。でも、朝になると泣いて謝るんです。私を抱き締めながら、すまなかったと泣いて謝るんです」

「それで、お竹さんは、いつも六蔵さんを許してきたのかい」

「だって、かわいそうじゃありませんか。あんなに謝るんですから」

「そんな顔になってもかい」

お竹は目のあたりを摩(さす)った。

「この痣ができた翌日です。六蔵が仕事に出かけた後、富士見長屋の大家さんに諭(さと)されたんです。逃げなさいって。このままだと殺されるって。六蔵だってそんなことになれば、遠島(えんとう)か死罪だ。その前に別れるのがお互いのためだ。六蔵は自分が説得するからって」

「それで、彦之助さんのところに来たんだね」

お竹は頷いた。

「お竹さんの気持ちはどうなんだい。六蔵さんときっぱり別れる決心はついてるのかい」

お竹は何も答えなかった。気持ちは揺れているのだろう。

「お竹さん。あんた、生まれはどこだい」

お染は話を変えた。

「湯島天神の近くにある長屋です」

「お竹さんの両親は何をしてたんだい」

「おとっつぁんは庭師だったんですが、博打好きで。おっかさんも働くのが嫌いで、だらしのない人たちでした。だから、子供のころから、私がご飯を作ったり、洗濯したり……。お金も借りに行かされました。子供が行った方が、かわいそうだと思われて、お金を貸してくれますからね」

お染の表情は少し厳しくなった。

「それは、両親がやらないから、お竹さんがやるのか、お竹さんが嫌な顔をしないでやってしまうから、両親がやらなくなったのか、どっちかしらねえ」

「どういうことですか」

「お竹さんは、気が利きすぎるってことさ。ところで、聖庵堂には行ってるんだろう。お満先生はちゃんと診てくれるかい」

「はい。足も痣があるだけで、心配ないそうです。お満先生は素敵ですよね。あんなに若いのに、お医者様だなんて」

「本当だねえ。なのに、どうして、あんな男と……。い、いや、何でもないよ」

お染の頭には、ほくそ笑む万造の顔が浮かんだ。


そのころ、神田山下町の富士見長屋では――。

「大家さん。お竹をどこに隠したんですかい。もう決して、お竹のことを殴ったり、蹴ったりしねえから。教えてくだせえよ」

大家は顔をしかめる。

「六蔵さん。お前さんは、この前も同じことを言った。その前もだ。三日ともちゃしなかったじゃないか」

「あれは、酒のせいなんでえ。酒は金輪際、呑まねえからよ。だから、お竹の居場所を教えてくれ」

「お前さんと、お竹さんは離縁した方がいい。それがお互いのためだ。殴る蹴るなんてものは、どんどんひどくなっていくものだ。このままだと、お竹さんは死んでしまうかもしれんぞ。そうなったら、お前さんは咎人だ。お前さんが狼藉を働いていることを知っていて手を打たなかったら、私も責めを受けるかもしれん。離縁するのは、みんなのためなんだ」

六蔵は泣き出した。

「おれは、お竹がいねえと生きていけねえんだよ。頼むよ、大家さん。お竹の居場所を教えてくれよ。おれは、お竹にちゃんと謝って、やり直してえんだよ」

大家は何を言われても引かないと心に決めていた。

「そんなに、お竹さんが大切なら、なんで殴ったり、蹴ったりするんだ。お竹さんには何の落ち度もないんだぞ。みんな、お前さんの勝手な思い込みじゃないか」

六蔵は神妙な表情になる。

「わかったよ。それじゃ、お竹に会って確かめさせてくれ。心から謝って、心を入れ替えると誓う。それでもお竹が別れたいというなら、きっぱりと諦める。だから、お竹の居場所を教えてくれ」

「駄目だ」

大家にきっぱりと断られた六蔵は、がっくりとうなだれた。

三祐で万造、松吉、八五郎が呑んでいると、やってきたのはお染だ。お染は挨拶もなしに、いきなり切り出した。

「手込めってどういうことだい」

万造は猪口を置いた。

「いきなり、どうしたんでえ」

「だから、お竹さんが手込めにされたって、どういうことだって訊いてるんだよ」

お栄が投げた猪口を松吉が受け取り、お染の前に置くと、万造が酒を注ぐ。

「まあ、酒でも呑んで落ち着いてくれや」

お染はその酒を呑みほした。

「井戸端(いどばた)で、お里さんたちと話してたら、お竹さんは手込めにされたってことになってるじゃないか。お律さんなんか涙を流してたよ」

松吉は頷く。

「そうか。お染さんは知らなかったのか。それでそんなに驚いちまったってわけかい。しかし、かわいそうになあ。この世に神はいねえのかね。なあ、八五郎さん」

「ああ。まったくでえ」

「まったくでえ、じゃないよ。おけら長屋の人たちには知れ渡ってるそうじゃないか」

万造は頭を下げる。

「すまねえ。お染さんだけを蚊帳の外に置いたわけじゃねえんだ。てっきり知ってると思ったぜ。勘弁してくれ」

「ちょいと、酒を注いでくれるかい」

お染は注がれた酒を乱暴に呑んだ。

「こんなことなら、はじめから本当のことを言っておけばよかったよ」

松吉は恐る恐る――。

「あ、あの……。手込めって……、ち、違うんでございますかい……」

「お里さんは八五郎さんから、お咲さんは万造さんから、お奈っちゃんとお律さんは松吉さんから聞いたって話だけど、言い出しっぺはだれなんだい」

三人は黙る。お栄が小さな仕種で松吉を指差した。お染は顔をしかめる。

「松吉さんかい……」

松吉は慌てる。

「ちょっと待ってくれよ。だれだってそう思うじゃねえか。なあ、万ちゃん」

「ああ。女先生に訊いてみたが、はっきり言わねえしよ」

お染は溜息をつく。

「隠そうとしたことが裏目に出ちまったようだね。そんな噂が広がったんじゃ、お竹さんにどうやって詫びればいいのさ。その話は、おけら長屋だけで止まってるんだろうね」

万造と松吉と八五郎は下を向く。お栄が小声で――。

「半次さんが……」

お染は頭を抱える。

「なんてこった。よりによって、早呑み込みの半ちゃんとは……。あちこちで言いふらしてなきゃいいけどねえ」

万造がお染に酒を注ぐ。

「それは心配ねえ。半次はお竹さんと所帯を持つつもりらしいから、手込めにされたとは言わねえだろうよ。それで、本当の話はどうなってるんでえ」

お染は酒を呑みほすと、猪口の縁についた紅を指先で拭った。

「お竹さんは、神田山下町の富士見長屋で、亭主の六蔵と暮らしていたそうだが、この亭主が、お竹さんに殴る蹴るの狼藉を働くそうだ。それがだんだんひどくなってねえ。このままじゃ、お竹さんが殺されちまうかもしれないってんで、富士見長屋の大家さんが遠縁の彦之助さんのところに、お竹さんを預けたのさ。その大家さんが、六蔵って亭主を説得して、離縁させるつもりらしいよ」

八五郎は沢庵を引きちぎる。

「そんな話だったら、はじめから言えばよかったじゃねえか」

「なに言ってんだい。その六蔵って亭主が、はいそうですかって引き下がるとは限らないだろ。もし、お竹さんの居場所を突き止めたらどうなるのさ。彦之助さんたちじゃ太刀打ちできないだろ。だから、おけら長屋で預かることにしたのさ。だけど、おけら長屋だって、いつ知れるかわからない。相手は乱暴を働く狼藉者だよ。そんな男が、おけら長屋に乗り込んできて、八五郎さんと出くわしたらどうなるのさ」

万造は大きく頷く。

「相手は、お竹さんの顔にあれだけの痣を作った野郎だ。八五郎さんが黙っているわけがねえ。なあ、松ちゃん」

「ああ。その六蔵って野郎は半殺しにされるだろうよ」

八五郎は大笑いだ。

「わははは。違えねえや」

万造と松吉が同時に「笑ってる場合じゃねえだろ」と突っ込んだ。気がつくと、お栄が店の入り口を指差している。四人はその方にゆっくりと目を動かす。

「は、半次……」

半次は拳を握り締める。

「許せねえ。その六蔵って野郎。お竹さんは、必ずおれが守ってやるからな。おめえたちは手を出すんじゃねえぞ」

半次は三祐から飛び出していった。

「あの野郎、どこから話を聞いていやがったんでえ」

「お栄ちゃんも、もっと早く教えてくれりゃいいじゃねえか」

「仕方ないでしょ。私は厨で皿を洗ってたんだから。徳利二本で許してよ。あっ、島田さん」

「おっ、旦那。これから徳利が二本来るところですぜ」

鉄斎は腰を下ろす。

「それはいいところに来たものだな。ところで、お染さんが一緒とは珍しいなあ」

「あたしだって来たくはありませんでしたよ」

お染は鉄斎に経緯（いきさつ）を話した。

「それは大変だったなあ」

お栄が徳利を運んできたので、お染は鉄斎に酒を注いだ。

「それはそうと、お竹さんと暮らしていてわかったことがあるんですよ。お竹さんは優しくて、面倒見がよくて、気の利く女（ひと）なんです」

八五郎は半分になった沢庵を口に放り込む。

「申し分がねえ女だなあ。お里に聞かせてやりてえぜ」

万造が茶々を入れる。

「聞かせたところで、どうにもならねえがな」

「万造。うめえことを言うねえ。違(ちげ)えねえや」

お染は続ける。

「でもね、その申し分ないってことが裏目に出ることもあるんだよ」

「どういうことでえ」

「お竹さんは、一緒にいる人を駄目にしちまう女じゃないかってね。お竹さんの子供のころの話を聞いたんだよ。おとっつぁんは博打好きで、おっかさんはだらしのない人だったそうだ。だから、お竹さんが子供のころから、ご飯を作って、洗濯をして、お金がなくなると、お金まで借りに行ってたそうだよ」

松吉は憮然(ぶぜん)とする。

「子供にそんなことをさせるなんざ、とんでもねえ親だぜ」

お染は酒を舐(な)めるように呑んだ。

「両親(ふたおや)は、子供だったお竹さんに甘えてたんだと思う。嫌な顔ひとつしないでやってくれるお竹さんに甘えてたんだ。だから、余計に駄目な親になっていく。お竹さんの亭主の六蔵って人も、そうなんじゃないかと思ってねえ……」

話を聞いていたお栄が――。

「なんとなくわかる気がするなあ」

お栄は厨を見て晋助がいないことを確かめる。

「晋助おじさんがそうだったから。自分の女房がなんとかしてくれると思って、仕事にも身が入らなかった。もちろん晋助おじさんがいけないんだけど、お曽根おばさんの優しさもいけなかったのかもしれないね」

万造は目を瞑って想像する。

「いいねえ。おれもそんな女房をもらって、駄目な亭主になってみてえもんだぜ」

お染がすぐに切り返す。

「大丈夫だよ。そんな女は万造さんには惚れないから」

「そんなこたあねえ」

「それに、万造さんも、そんな女には惚れないから安心しなよ。万造さんが惚れるのは、気の強い、しっかりとした女だから。ふふふ……」

お栄も一緒になって「ふふふ」と笑った。

「な、なんでえ。気持ちの悪い笑い方をしやがって。六蔵って野郎の話をしてたんじゃねえのかよ」

お染は酒で喉を湿らす。

「六蔵って亭主だけどね、お竹さんに甘えてるだけなんだよ。そして、お竹さんも亭主を甘やかしてしまった。六蔵さんは早くに両親をなくしたって言ってた。六蔵さんにとってお竹さんは、女房でもあり、おっかさんでもあったのさ。何でも許してくれる優しいおっかさんなんだよ」

八五郎は猪口を叩きつけるように置いた。

「だからといって、女子供を殴ったり蹴ったりしていいってことにはならねえだろう」

「そりゃそうさ。そこが八五郎さんとは違うところなんだよ。六蔵さんはね、気に入らないことがあると酒を呑み、お竹さんを殴るようになった。そして朝になって謝ると、お竹さんは許してくれる。六蔵さんにとっては、それがお竹さんに惚れられているという証だったのさ。だから、その証がもっともっとほしくなる……」

「なんでえ、そのしち面倒臭え話は。わけがわからねえや。どんなことがあろうが、女に手を上げちゃならねえ。それだけのことじゃねえか。これだけは言っておくが、お竹さんは、おけら長屋が預かったんだろう。もし、その六蔵って野郎が、ここを捜し当てたとしても、おけら長屋の面目にかけて、お竹さんには指一本触れさせねえからな」

お染は鉄斎に向かって苦笑いを浮かべる。

「旦那。大家さんが心配していた通りになってきましたね。ところで、万松のお二人さん。辰次さんのことは頼んだよ」

「魚辰がどうかしたのかよ」

「ああ。お竹さんに惚れちまったらしいよ」

万造と松吉は顔を見合わせた。

「マジかよ」

「怪我した指に膏薬を塗ってもらって、イチコロさ」

万松の二人は天を仰ぐ。

「なんてことをしてくれたんでえ。色恋の青二才(あおにさい)によ」

「半次の馬鹿野郎は、ともかくとして、辰次となると厄介(やっけえ)だぜ。洒落(しゃれ)が通じねえからなあ」

「辰次さんに、お竹さんの亭主のこと、ちゃんと話しておいておくれよ」

お栄が呟く。

「六蔵って亭主に、半次さんに辰次さんか……。本当のかぐや姫みたいだねえ。たいした男たちじゃないけど」

一同は同時に溜息をついた。

三

お竹がいるのは八五郎の家だ。

「ごめんよ、お竹さん。こんなものしかなくて。お染さんもお染さんだよ。前もって言ってくれれば、いつも頼んでる仕出し屋から料理でも届けてもらったのに」

八五郎はいつもの場所に座って茶碗酒を呑んでいる。

「見栄を張るんじゃねえ。仕出し屋の料理なんざ、食べるどころか、見たことも聞いたこともねえや」

　この日の昼下がり、お竹はお染に言われた。

「今日は届け物があってねえ、ちょいと帰りが遅くなるかもしれないから、晩ご飯は八五郎さんのところで食べておくれよ。お里さんには話しておいたからさ」

　お染の話が少し唐突に思えたお竹だったが、嬉しい話でもあった。おけら長屋の人たちと、もっと親しくなりたいと思っていたからだ。八五郎は上機嫌だ。

「三祐に顔を出したらよ、万造と松吉が今日は家に帰れって言いやがる。聞いてみると、お竹さんが晩飯を食いに来るってえじゃねえか。おれがいねえと、お里がおれの悪口を言いまくるってよ。だから帰ってきたんでえ」

　お里が土間にあるへっついの前から口を挟む。

「悪口なんか、お前さんが目の前にいたって言ってやるさ」

　お里の軽口に、お竹は声を出して笑う。

「八五郎さんとお里さんは、おけら長屋のおしどり夫婦って呼ばれているんですよね」

八五郎は茶碗酒を噴き出しそうになる。

「おしどり夫婦だと。笑わせるんじゃねえよ。顔を合わせれば喧嘩(けんか)ばっかりでえ」

「ははは。それは、この人の言う通りだよ」

お里は前掛けで手を拭(ふ)きながら腰を下ろした。

「今日はお竹さんが来てくれたことだし、あたしも一杯いただこうかねえ」

八五郎は徳利を手元に引き寄せた。

「やめとけ、やめとけ。こいつは酒癖(さけぐせ)が悪くてよ。笑ったり、泣いたりで大変(てえへん)なことにならあ」

「いいじゃないか。そうだ、お竹さんもどうだい」

お里は徳利を奪い取る。

「いえ、私は少ししか呑めませんから」

「そんなことを言わずに。さあ」

お里はそう言いながら、自分の湯飲み茶碗に酒を注ぐ。

「わははは。そう言いながら、てめえの茶碗に酒を注いでやがる」

「洒落じゃないか。さあ、お竹さんも」

お竹は注がれた酒に口をつけた。

「なんだかいいですね。八五郎さんとお里さんを見ているのって」

「冗談じゃねえ。こちとら見世物じゃねえや」

「ごめんなさい。でも、阿吽の呼吸っていうか、なんていうか……」

お里は大根の煮物を小皿に取ると、お竹の前に置いた。

「長いこと一緒に暮らしてると、そんなふうになっちまうものさ」

「そうでしょうか。そうならない夫婦だってたくさんいると思いますけど」

八五郎が何かを言いかけたので、お里は咳払いをした。お里は八五郎に釘を刺してある。お竹と六蔵のことには触れてはならないと。

「おいしい。大根がこんなに柔らかくなって、味が染み込んでる」

「そうかい。大根だけはたくさんあるから、たんと食べておくれよ」

「なんでえ。金太の野郎、また売れ残っちまったのかよ。しょうがねえなあ。また、しばらくは大根づくしだぜ」

お竹は箸を置いた。

「八五郎さんとお里さんの馴れ初めを知りたいです。どちらが先に惚れたんですか」

二人は同時に答える。

「お里に決まってんだろ」

「この人に決まってるじゃないか」

そして二人は同時に笑う。

「まあ、どっちもどっちってことじゃねえか」

「そうかもしれないねえ」

お里は酒を呑んだ。

「あたしはね、この人の気風のよさに惚れたのさ。見ての通り、馬鹿な男だけどね。気風だけはよかった。曲がったことだけはしない男だった。それだけは今も変わらない。喧嘩っ早くて、見栄っ張りで、言っちまったことで引っ込みがつかなくなって損ばかりして。万造さんや松吉さんに乗せられて、博打だ、女郎買いだって。でもね、弱い者や子供には優しくて、強い者からは逃げない。そんな馬鹿な男を見てるのは気持ちのいいもんだよ」

「おめえ、褒めてるのか、けなしてるのか、どっちなんでえ」

「褒めてるに決まってるじゃないか」

「とてもそうは聞こえねえがな。さあ、お竹さん。温けえうちに食べてくんなよ。せっかく、お里が作ったんだからよ」

お竹は食べ物よりも、八五郎とお里の話が気になるようだった。

「八五郎さんは、お里さんのどんなところに惚れたんですか」

お里は科を作る。

「そりゃ、もちろん、女っぷりだろう。ねえ、お前さん」

「もう、酔っ払っていやがる」

八五郎は茶碗酒をあおると、手酌で酒を注いだ。

「それじゃ、聞かせてやろうじゃねえか。お里に惚れたときの話をよ。だれにも聞かせたことがねえ話だ。いや、お糸には聞かせてやったことがあったなあ。嫁にいく前によ」

八五郎は一度、目を閉じた。

「お里のことはガキのころから知ってたんでえ。特に何とも思ってなかったんだけどよ。あれは、おれが十八のときだった。吾妻橋（あずまばし）の上は花見の客でごったがえしてよ。橋を渡ったところで事件は起こったんでえ。団子（だんご）を持った、四つか五つくれえの町人の子が酒に酔った若侍（わかざむらい）にぶつかって、袴（はかま）に醤油だれをべっとりとつけちまった。怒った若侍は無礼討（ぶれいう）ちだってんで刀を抜きやがった。男の子の親が土下座（どげざ）をして謝るが、若侍は治まらねえ。親を蹴りつけて、子供に向かって刀を振り上げた。こうなったら仕方ねえ。おれは若侍に体当たりをして、その隙（すき）に親子を逃がそうとした。後は野となれ山となれってやつよ」

八五郎は酒で喉を湿らせた。

「そのとき、人垣の中から十七、八の娘が出てきやがった。よく見りゃ、お里じゃねえか。お里は蹴り倒された親と子供を起こすと、若侍の前に立ちはだかって見事な啖呵（たんか）を切りやがった。

『おうおう。お侍さんよう。こんな年端（としは）もいかねえ子供に刀を抜くなんざ、ちいせえ野郎だぜ。てめえなんざ、弱い者いじめしかできねえんだろう。おととい来やがれ、この盆暗（ぼんくら）野郎』

見事な啖呵だった。野次馬連中もお里に加勢してよ。頭に血が上った若侍は、お里に向かって刀を振り上げた。本当に斬られるかもしれねえ。おれは飛び出そうとしたんだ。そしたら、お里は女だてらに着物を尻端折りにして、その場に座り込みやがった。

『斬ってもらおうじゃねえか。さあ、どうする、どうする』

野次馬は拍手喝采ってやつよ。若侍めがけて、石や雪駄なんかを投げつけてよ。若侍は一目散に逃げちまったよ。親子がお里に礼を言うと、お里の奴、人目もはばからず、大声で泣き出した。よく見たら小便を漏らしてるじゃねえか。十七、八の娘が人前で小便だぜ。よっぽど怖かったんだろうよ」

お里は八五郎の顔を見つめている。

「おれは、お里に惚れた。おれの女房になるのは、この女しかいねえと思った。酒癖が悪かろうが、文句ばかり言おうが、噂話が大好きだろうが、お里って女の芯にあるのは、あのときのお里なんでえ。あんなまねは伊達や酔狂でできるもんじゃねえ。お里はそういう女なんでえ」

話を聞いているお竹の頬に涙が伝った。

「お前さん。見てたんなら、どうして助けてくれなかったんだよ。本当に死ぬかと思ったんだからね」

「おめえの小便をつけられたんじゃ、堪らねえからよ」

「お糸は何て言ったんだい。この話を聞いて」

「何も言わなかった。ただ、子供が御伽噺でも聞くみてえに、うっとりしてたなあ」

お里は何度も頷いた。

「そうかい……。お竹さん。あたしたちには、お糸って娘がいてねえ。もう嫁にいっちまったけど。あたしたちには出来すぎた娘でねえ、そのお糸が嫁にいくとき、最後にこう言ったんだ。今、お竹さんが座っているところで両手をついてさ――。

『おとっつぁん、おっかさん。私と……、私と文七さんに子供ができたら、おとっつぁんとおっかさんみたいな親になるからね』

あたしはそのとき、この八五郎と一緒になって本当によかったと思った。夫婦なんて、そんなものかもしれないねえ。喧嘩をしても、悪口を言っても、心の底の、そのまた底で、ちゃんとつながってる。それが夫婦ってもんなんだよ。どちらかが、我慢したり、甘えたり、逃げたりするもんじゃないんだよ」

お竹は涙を拭った。

酒場三祐で呑んでいるのは、万造、松吉、お染、鉄斎の四人だ。万造はゆっくりと猪口を置いた。

「大丈夫かよ、八五郎さんとお里さんは。まさか、お竹さんの前で喧嘩をおっぱじめやしねえだろうな」

松吉はお染に――。

「お里さんには、お竹さんに飯を食べさせてやってくれとしか言ってねえんだろ」

「そうだよ。あたしはね、お竹さんに、ありのままの八五郎さんとお里さんを見てほしかったんだよ。必ず何かに気づくはずさ。夫婦にとって大切な何かに……」

鉄斎はしみじみと酒を呑んだ。

「そうかもしれんな。教えてもらって身につくことは少ないが、自(みずか)らが気づいたものや、見つけたものは、心や身体に刻(きざ)み込まれるからな」

松吉は首を捻る。

「そうですかねえ。八五郎さんとお里さんでしょう。そんな大層(たいそう)なもんじゃねえでしょう」

「いや、わからんぞ。一見してわかりやすいものほど奥が深いものだ。おっと、これは失言だった。八五郎さんには内緒にしてくれよ」

万造、松吉、お染は大笑いした。

「ところで、お竹さんの亭主、六蔵さんといったかな。六蔵さんはどうなったのだろう。富士見長屋の大家さんが、離縁をするように説得してくれるという話だったが……」

お染も気になっていたようだ。

「彦之助さんが何も言ってこないってことは、手こずっているのかもしれないねえ」

万造は鉄斎とお染に酒を注ぐ。

「六蔵は納得しねえだろうな。殴ろうが蹴ろうが、何でも言うことを聞いてくれた世話女房が、いきなりいなくなっちまったんだからよ」

松吉は万造に酒を注いだ。

「おれもそう思う。粋(いき)な男だったら、腹の中じゃ未練があっても、ぐっと堪えて姿を消すところだが、六蔵は女に手を上げるような野暮(やぼ)な野郎だ。野暮な野郎ってえのは、諦めが悪くて、つきまとうんでさあ。きっと、六蔵はお竹さんを捜してるぜ」

鉄斎は頷く。

「危ないのは、お竹さんに対する気持ちが憎しみに変わっていたときだ。何をするかわからん。気をつけねばならんな」

万造の表情(かお)は硬くなる。

「八五郎さんの台詞(せりふ)じゃねえが、お竹さんは、おけら長屋が預かったんでえ。六蔵に指一本触れさせるわけにはいかねえ」

万造は勢いよく酒を呑みほした。

お竹は、おけら長屋で住人たちの様々な場面に出くわした。口は悪くても悪意は感じられない。お節介だけど、恩着せがましくない。お礼は言わないけど、表情から感謝の気持ちが読み取れる。金太を馬鹿にしている姿は、愛しているように見える。お竹は、おけら長屋の暮らしに心地よさを感じていた。

商いの帰り、辰次が空になった天秤棒を担いでいると、声をかけてきたのは半次だ。

「おう。魚辰じゃねえか。かぐや姫、い、いや、お竹さんは元気にしてるかい」

辰次は半次が苦手だ。

「そんなことは、半次さんには関わりねえことでしょう」

半次がお竹にのぼせていることは、辰次も聞いて知っている。

「そんな冷てえ言い方をしなくもいいじゃねえか。一度は所帯を持つことまで考えた女なんだからよ」

「えっ。お竹さんのことは、もう諦めたんですかい」

半次は寂しそうな表情になった。

「辰次よ。おめえ、竹取物語って話を知ってるか」

「かぐや姫の話でしょう」

「そうよ。おれは、かぐや姫が美しいってことまでで、竹取物語の結末を知らなかったんでえ。てっきり鬼ケ島に乗り込んで、鬼を退治すると思ってたのによ」

「それは、桃太郎じゃねえんですかい」

「かぐや姫は月に帰っちまうって話じゃねえか。それも言い寄った男たちに無理難題をふっかけてよ。そんなことになったら、堪ったもんじゃねえや。だから、おれは、甘味屋のお春ちゃんに乗り換えることにしたってわけよ。万造と松吉に、お春ちゃんには手を出すなって言っといてくれよ。それじゃ、あばよ」

辰次はあっけにとられて、半次を見送った。

辰次がおけら長屋に戻ると、お竹が井戸の周りを掃除している。その姿が目に入っただけで、辰次の胸はときめく。お竹も辰次に気づいた。

「あら、辰次さん。お帰りなさい」

仕事帰りにこんな女房が出迎えてくれたら、どんなにか幸せな気分になれるだろう。

「お竹さん。こんなところに一人でいると危ないですよ。もし、ご亭主が来たらどうするつもりなんですか」

「大丈夫ですよ。こんなところまでは来やしませんから」

「もしものことを言ってるんです。あっしはお竹さんのことが心配なだけです。お竹さん……」

「何ですか」

「ご亭主が離縁することに応じたら、お竹さんはどうするつもりなんですかい」

「さあ……」

「ずっと、おけら長屋にいればいいじゃねえですか」

お竹は嬉しそうな表情をした。

「私はおけら長屋が大好きです。ずっとここで暮らしていたい。でも、いつまでも、お染さんのところでお世話になっているわけにはいきませんから」

「それなら……」

辰次は口から出かけた言葉を呑み込んだ。

「どうしたんですか」

「いえ、何でもねえです。何でもねえんです」

辰次はそのまま、家に入っていった。


徳兵衛を訪ねてきたのは彦之助だ。

「六蔵がやってきたんです。お竹を知らないかと」

「そうですか……。彦之助さんは、六蔵さんと会ったことがあるんですか」

彦之助は頭を振った。

「ありません。六蔵は以前、お竹から聞いたことがあるそうです。六間堀町で遠縁が竹細工の店をやっていると。それで訪ねてきたんです」

「彦之助さんは何と答えたんですか」

「お竹には、ここ数年、会ったことはないと言いました。おけら長屋でお竹を預かっていただいて本当によかったです。私のところにお竹がいたらと思うと、冷や汗が出ます」

「六蔵さんはどんな様子でしたか。気が立っていたとか」

「いえ。萎(しお)れている様子でした。こんな男が、お竹のことを殴ったり蹴ったりするなんて、俄(にわか)には信じられませんでした」

酒を呑んで女房に手を上げる男などは、そんなものなのだろう。

「それで、六蔵さんは……」

「もし、お竹が訪ねてきたら伝えてほしい。富士見長屋に戻ってくるようにと。話がしたいと……。思いつめた表情(かお)をしていたので、かえって恐ろしくなりました。徳兵衛さん。気をつけてください。六蔵は、この近くまで来てるんですから」

「わかりました。長屋の連中にも伝えておきましょう」

徳兵衛は、なぜか胸騒ぎを覚えた。何かが起きる。起きないわけがない。それが、おけら長屋だ。


六蔵は大工仲間から、お竹のことを聞いた。

「うちのおまさの実家が本所の緑町(みどりちょう)で、ちょくちょく顔を出してるんだが、湯屋でお竹さんを見かけたってんだよ」

「な、なんだと……」

「お竹さんとは一度しか会ったことはねえが、まず間違えねえって言ってたぜ」

六蔵は色めき立つ。

「ど、どこの、なんていう湯屋でえ」

「慌てるねえ。おまさが、お竹さんに気づいたのは、お竹さんがいなくなっちまったことを話してあったからよ。だから、抜かりはねえ。さすがは、おれの女房だ。お竹さんの後をつけたそうでえ。お竹さんは、年増の女と連れ立っていたが、亀沢町にある長屋に入っていったそうだ」

「その、長屋を教えてくれ」

六蔵は身を乗り出した。

四

六蔵は両国橋を渡り、回向院の正門を右手に見ながら歩く。十字路を二ツ目之橋の方に曲がると、右側にその長屋がある。

「ここだ。間違えねえ。富士見長屋も汚え長屋だが、その上をいってらあ」

六蔵は長屋の路地に足を踏み入れた。右手に稲荷があり、その前には井戸がある。その井戸では男が大きな笊を洗っていた。いや、洗っているのではない。笊の縁を口にあてている。六蔵はその男に声をかけた。

「すまねえが、ちょいと尋ねてえことがありやして……」

男は井戸から水を汲んで、笊にあけ、水を飲もうとしているようだ。もちろん、水は笊から下に零れて飲むことはできない。

「すまねえが、ちょいと尋ねてえことが……」

男は六蔵に気づいた。

「おいらが飲む前に水がなくなっちまう。すまねえが、この笊に水を入れてくれ。おめえが水を入れたのと同時に、おいらが飲む。いいか」

なんだかわからないが、六蔵は男の言う通りに水を汲む。

「いいか。せーので水を入れるんだぞ。せーの」

六蔵は水を入れる。男は同時にその水を飲もうとするが、もう笊に水はない。

「もしかして、水を飲もうとしてるのか」

「そうだ」

「なら、井戸から水を汲んだ桶があるだろう。その桶からそのまま飲んだ方がいいんじゃねえのか」

「笊から水を飲むのは難しい……。おめえはだれだ」

「おれは、六蔵というもんだ。おめえさん、この長屋の人かい」

「おいらは笊だ。この長屋の笊だ」

どうやら、この長屋の者らしい。

「ここに、お竹という女はいねえか。歳のころなら二十二、三ってとこだが」

「二百三十の女か」

「そんなに長生きする女はいねえだろう。二十二、三だ。お竹って女だ」

「たけか」

「そうでえ、お竹だ」

「たけか」

「だから、お竹って言ってるだろう」

男はしばらく考えていたが——。

「たけ、たけ、その、たけに、たけたてかけたかったのは、その、たけにたてかけたかったからか」

「おめえさん。大丈夫かい」

「たけに、たてかけたのは、たけ、たてかけたからだ。生麦、生米、生卵。おめえはだれだ。笊で水は飲めねえ」

そこに出てきたのは。お里とお咲だ。

「金太さん、どうしたんだい」

「たけ、たてかけたかった……」

「今は、竹の子の時季じゃないだろう……」

お里は井戸の脇に立っている男に気づいた。

「あ、あの、そちらさんは？」

「六蔵といいやす。こちらに、お竹という女がいるって聞いたんですが……」

「ろ、六蔵……」

お里とお咲は身を硬くする。

「お、お竹さん……。さ、さあ、聞いたことないねえ。お咲さんは知ってるかい」

「し、知らないねえ。お染さんのところにいる、お竹さんのことだろう。聞いたことがないねえ」

そこに出てきたのは、お奈津だ。

「お竹さんと、お染さんはもう帰ってきましたか。伊勢屋のお饅頭があるんですけど」

六蔵は低い声で――。

「どうやら、お竹はここにいるみてえですね」

お里は作り笑いを浮かべる。

「ああ、そのお竹さんのことですか。あたしはまた、あのお竹さんのことかと思いましたよ。そのお竹さんは、ちょいと出かけてますんで、どうぞ、とりあえず大家さんのところへ。さあ、どうぞ、どうぞ」

そしてお咲の耳元で囁く。

「三祐に、うちの八五郎と万松の二人がいるかもしれない。呼んできておくれ」

お里は六蔵を徳兵衛の家に案内した。

徳兵衛はいつかこんな日がくるかもしれないと覚悟していたようで、落ち着いている。

「さあ、どうぞ、そこに座ってください。お茶でも淹れますから。お里さんはもういいですよ。すまなかったね」

六蔵は正座をすると、礼儀正しく挨拶をする。

「お竹の亭主で六蔵と申しやす。お竹がこちらの長屋でお世話になっていると聞きやして、お伺いしやした」

「そうですか。それで、お竹さんに会って、どうされるつもりですか」

「とにかく、話がしてえんです」

「人伝(ひとづて)に聞いた話ですが、富士見長屋の大家さんは、お竹さんと離縁するよう、あなたを説得しているそうですね。どうされるのですか」

「それは、あっしとお竹が話し合って決めることです。こちらさんには関わりのねえことだと思いやすが」

そのとき、引き戸が勢いよく開いた。中に入ってきたのは八五郎だ。その後ろには万造と松吉も控えている。

「ところが、そうはいかねえんだよ」

八五郎は仁王立ちになる。

「おめえさんは、お竹さんをひでえ目に遭わせてきたそうじゃねえか。それも一度や二度じゃねえ。何度もだ。おけら長屋がお竹さんを預かったからには、そんなおめえさんを、お竹さんに会わせるわけにはいかねえのよ。離縁状でも持ってきたってんなら話は別だがな」

六蔵も引かない。

「おれは、お竹の亭主だ。あんたたちに、とやかく口を出されるいわれはねえや」

引かないことに関しては、八五郎の方が上だ。

「お竹さんの顔の痣を見たときは驚いたぜ。ありゃ、手加減のねえ殴り方だ。あれだけのことをしといて、亭主面をするんじゃねえ。それとも何かい。力ずくでも、お竹さんに会おうってえのかい。だったら、おれが相手になってやらあ。お竹さんを殴るようなわけにはいかねえぜ。おめえさんに、その度胸があるのかい」

万造と松吉が声をかける。

「いよっ。八五郎～。痺れるねえ。小便ちびりそうだぜ。音羽屋っ」

「いよっ。八様～。もう、好きにしてえ～」

だれからの笑いも、手応えもなく、万松の二人は俯く。

「話は、私が聞きます」

声の方を見ると、そこにはお竹が立っている。

「お竹……」

お竹は、お染に背中を押されるようにして、少し前に出る。

「徳兵衛さん、八五郎さん。申し訳ありませんが、しばらく、この人と二人きりにしてくれませんか」

徳兵衛は不安そうだ。

「大丈夫かい。せめて、私とお染さんだけでも……」

お竹は毅然としている。

「大丈夫です。私がこの人と向き合わなくてはなりません」

徳兵衛はお染に目をやった。

「大家さん。そうしてあげましょう。今のお竹さんは、六蔵さんに殴られていただけのお竹さんとは違いますから。さあ。あたしたちは外に出ましょう。ほら、八五郎さんもですよ」

徳兵衛の家で、お竹と六蔵は二人だけになった。お竹は六蔵から少し離れたところに腰を下ろす。

「お竹。すまなかった。おめえが出ていったのも無理はねえ。すべては、このおれが悪(わり)いんだからよ。もう二度と、おめえに手を上げたりはしねえ。だから、おれとやり直してくれねえか」

お竹は六蔵の顔を見ない。

「お前さんから、何度その台詞を聞いたかねえ」

「今度は本当だ。おめえがいなくなってから、わかったんだよ。おれには、おめえがいねえと駄目だってことがよ」

お竹の口元から、ふっと笑いが洩(も)れた。

「お前さん。それは逆だよ。私がいないとお前さんが駄目になるんじゃない。私がいるから、お前さんが駄目になるんだよ。私が許し続けたから、お前さんはもっとひどい乱暴を働くようになったじゃないか」

「あれは、酒が入っていたからだ。もう、酒はやめる」

「お酒のせいにするのはやめておくれよ。酒を呑もうが呑むまいが、お前さんは、お前さんなんだから」

六蔵は涙声になる。

「なあ、お竹。今度こそ約束は守る。だから、戻ってきてくれ。おめえは、おれにとって、かけがえのねえ女なんだ」

お竹は、八五郎がお里に惚れたときの話を思い出した。

「それじゃ聞くけど、お前さんは、私のどこに惚れたんだい。どんなところが、かけがえのない女だっていうんだい」

六蔵は黙った。

「お前さんは答えられない。お前さんは私に甘えているだけ。私を都合のいい女にしたいだけ。私がいないと、甘えられない。私がいないと憂さを晴らすことができない。それだけなんだよ。それじゃ、本当の夫婦にはなれないんだよ」

六蔵は黙ったままだ。図星だったのだろう。

「本当に相手のことを思うのは、上辺の言葉や気持ちじゃない。それはね、心の底の、そのまた奥底にあるものなんだよ。私はこの長屋に来て、それがわかったの……」

お竹は今日、はじめて六蔵の顔を正面から見た。こんな気持ちで六蔵の顔を正面から見たことは、今まで一度もなかったかもしれない。

「お前さんとやり直すつもりはありません。私が言いたいのはそれだけです」

六蔵は力なく立ち上がった。

八五郎や万松、お染たちは引き戸の前で中の様子を窺っていた。もし、六蔵がお竹に手を出したら、すぐに飛び込むためだ。

ゆっくりと引き戸が開き、出てきたのは六蔵だ。六蔵は徳兵衛に頭を下げた。

「お騒がせしやした。離縁状は届けるようにしやすから」

「そうですか……」

「なんだか、お竹じゃねえみたいです。この長屋で、お竹に何があったんですかい」

徳兵衛は惚ける。

「何もありませんよ。ねえ、お染さん」

六蔵はもう一度、頭を下げると路地に消えていった。

お染が徳兵衛の家に入ると、お竹は泣いていた。

「どうしたんだい」

「あんな人でも、私の亭主だった人ですから……」

お染は、お竹を抱き締めた。

「おけら長屋に来る前の私だったら、あの人を許してしまったかもしれません」

「お竹さんは〝私がいるから、お前さんが駄目になるんだ〟って言ったけど、最後の最後に六蔵さんの心に響くことが言えたじゃないか。お竹さんは、六蔵さんを駄目にしなかったってことさ」

お竹は、お染の胸で泣いた。

「お染さん。届け物があって、帰りが遅くなるなんて嘘ですよね。私に何かを教えようとして、八五郎さんのところに行かせてくれたんですよね」

「さあ、何のことかねえ。八五郎さんの家で何かあったのかい」

お染は、お竹の背中を優しく撫でた。

引き戸の外にいた万造と松吉は、八五郎の脇腹を両脇から肘で突っつく。

「八五郎さんよ。何て言ったんでえ」

「後学のために聞かせてくれや。どうせ、ろくでもねえ話だろうがよ」

八五郎は空惚ける。

「何にも話しちゃいねえよ。大根を食ってただけでえ。なあ、お里」

「そうだったっけかねえ。あたしの胸にも響いたよ。万松のお二人さん。この話を聞くには、徳利一本、二本ってわけにはいかないよ」

「よ、よせ。あんな話をこいつらに聞かれたら、おけら長屋じゃ生きていけねえや」

万造は笑う。

「それじゃ、聞かねえよ。八五郎さんに死なれちゃ困るからよ。なあ、松ちゃん」

「さてと、こっちは一件落着して、次は辰次か……。オチが見えてる話ってえのは虚しいねえ」

徳兵衛は、そんな一同を温かい眼差しで見つめた。

辰次がお茶を淹れようとしていると、やってきたのはお竹だ。

「ご馳走さまでした。お魚、とっても美味しかったです。これ、お皿……。お茶を淹れるなら、私がやりますよ」

「いや、自分でやりやすから」

「でも。私にできるお礼は、それくらいなんで……」

「それじゃ、お竹さんも飲んでいってくだせえよ」

二人は土間に足を置いたまま、座敷の縁に並んで腰かけた。

「ご亭主から離縁状が届いたそうですね」

「ええ。おけら長屋のみなさんには、本当にお世話になりました」

「お竹さんは、これからどうするんですかい」

「まだ、わかりません。お染さんは、しばらくいてもいいと言ってくれてますが、いつまでもお世話になっているわけにもいかないし。明日、彦之助おじさんのところに行って、相談してみるつもりです」

お竹は手にしていた湯飲み茶碗から熱い茶を啜った。

「ずっとここで暮らしたいって、言ってたじゃねえすか」

「それは本当の気持ちです。空家があればいいんだけど……」

「ひとつ、空(あ)いてますけど」

「どこですか」

「ここです」

「えっ……」

辰次とお竹の目が合った。そして時間(とき)が止まった。真顔だったお竹の表情(かお)が崩れだして、ぷっと吹き出す。

「辰次さんも、そんな冗談が言えるんですねえ」

辰次も一緒になって笑った。

「あははは、冗談のつもりじゃねえんですが……」

「まだ言ってる。……あの、辰次さん、これ」

お竹は懐から小さな巾着袋を取り出した。

お竹は、甲州(こうしゅう)の大月(おおつき)村で旅籠(はたご)を営(いとな)む叔父(おじ)のところに身を寄せることになった。六蔵が身を引いたとはいえ、もうしばらくは近づかないほうがよいと勧められたからだ。

最後の夜、おけら長屋の連中は、別れの宴を開くつもりだったが、お染はお竹と二人で過ごすことにした。

「お染さんには、本当にお世話になって……」

「あたしは何にもしてないよ」

「おけら長屋のことは、生涯忘れません」

お染とお竹は猪口を合わせた。

「別れの盃ってやつだねえ。それにしちゃ、しみったれた肴しかないけど勘弁しておくれよ。まあ、貧乏長屋にはお似合いの膳だけどね」

酒が進んで、お染もだいぶ酔ってきたようだ。

「お竹さん。ひとつだけ聞いてもいいかい」

お竹は箸を持つ手を止めた。

「本当は気づいていたんだろう、辰次さんの気持ち……」

お竹は箸を置いて頷いた。

「辰次さんの気持ちは嬉しかったです。私も辰次さんのことは好きです。でも、なんだか男の人を好きになるのが怖くて……」

「わかるよ」

「まだ私には修行が足りません。おけら長屋で暮らして、それがわかりました。お染さん……」

「何だい」

「また、おけら長屋に来てもいいですか」

「もちろんだよ」

「辰次さん。そのときまで独りでいてくれるかなあ」

お竹はそう言うと、茶目っ気のある笑い方をした。

翌朝、おけら長屋の住人たちは、お竹を見送った。お竹は何度も振り返って、何度も辞儀をして、何度も手を振った。気がつくと、辰次の両脇には万造と松吉がいる。

「辰次さんよ。お竹さんに気持ちは伝えたのかよ」

「どうせ、言い出せなかったんだろう」

辰次は小さくなっていくお竹を見つめている。

「伝えましたよ」

万造と松吉は驚いて辰次の顔を見る。

「仕方ねえですよ。かぐや姫は月に帰（けえ）っていくもんですから」

辰次は、懐にある貝殻を握りしめた。

本所おけら長屋（十八）　その参

さいころ

一

海辺大工町にある聖庵堂で医師として働くお満は、充実した日々を送っている。見習いの医者と呼ばれていたお満だったが、いつしか〝見習い〟という冠がとれて、一人前の医者と呼ばれるようになった。

お満は江戸でも指折りの大店、薬種問屋木田屋の娘だ。医者になる夢を捨てきれず、犬猿の仲だった父、木田屋宗右衛門を振り切って家を飛び出し、聖庵の弟子となった。その犬と猿との間で、複雑に絡み合っていた思い違いを取り除いたのが、万造を中心とするおけら長屋の住人たちだった。それから父と娘の確執はなくなり、ほどよい関わりが続いている。

その木田屋宗右衛門が聖庵堂に顔を見せるようになった。名代の吝い屋である宗右衛門は駕籠にも乗らず、お供の丁稚を一人、連れてくるだけだ。

「おとっつぁん。風邪はもう治ったんでしょう。ど、どうしたの……。杖なんかついて」

宗右衛門は腰をおさえる。

「腰の調子がのう……。日本橋界隈の医者に診てもらうと、ここぞとばかりに法外な薬礼をとられる。ここなら心配ないだろう。お代はお前が決められるのか。ならば、お前の裁量で安くしてくれ」

「馬鹿なことを言わないでよ」

聖庵がやってくる。

「木田屋さん。聞こえましたぞ。聖庵堂は貧乏人から金はとりませんが、そのぶん、金持ちからは法外な薬礼をふんだくる……、いや、頂戴することにしております。お満の父親といえども、便宜は図りませんぞ」

「ならば帰ります」

お満は、背を向けた宗右衛門の袖をつかむ。

「馬鹿なことを言ってないで、早くこっちに来てちょうだい。お律さん。おとっつぁんを奥に連れていってください」

お律は土間に下りると、宗右衛門の手を取った。

「木田屋さん。ゆっくり歩いてくださいね。腰が痛ければ、私の肩につかまっても構いませんから。大丈夫ですか」

「お律さん。申し訳ありませんな」

宗右衛門は、お律の肩を借りるようにして奥へと消えていく。聖庵は宗右衛門の後ろ姿を見て、苦笑いを浮かべる。

「お満。お前が診てやれ。たいしたことはあるまい」

お満は〝やれやれ〟という表情をして、宗右衛門の背中を追った。


松井町にある居酒屋、三祐で正座をしているのは、万造と松吉。その二人の前で仁王立ちになっているのは、店のお栄だ。

「うちはね、この店を商いでやってるわけ。道楽でお金のない人にお酒を吞ませているわけじゃないのよ」

万造と松吉はうなだれる。

「ツケが溜まっているくせに、お金を払わずに酒を吞もうって、どういう了見をしてるのよ」

万造と松吉は、さらにうなだれる。

「今日は私がご馳走してもいいわよ」

万造と松吉が顔を上げると、土間に立っていたのは聖庵堂のお満だ。

「お、女先生じゃねえか。今のは空耳かもしれねえ。もう一度、言ってみてくれ」

「だから、お酒は私がご馳走してあげるって言ったんだけど」

「おお。松ちゃん。どうやら空耳じゃねえようだぜ。どういう風の吹き回しでえ。まあ、こっちに上がってくんな。お栄ちゃん。酒だ。酒でえ」

お満は座敷に腰を下ろした。松吉はお栄が投げた三つの猪口を矢継ぎ早に受け取り、それぞれの前に置いた。万造は空の猪口を手に取り、拝むようにして、お満に差し出す。

「ところで、どういう風の吹き回しでございましょうか」

お満は、万造が手にしている猪口を取り上げる。

「やめてよね。そんなことまでして、お酒が呑みたいの？　今日はちょっと聞いてほしい話があってね」

万造は少し胸を張る。

「やっぱり、いざというときは、この万造さんが頼りになるってわけか」

「どっちかというと、松吉さんに聞いてほしい話なんだけど」

万造はずっこける。

「おとっつぁんが、ちょくちょく聖庵堂に顔を見せるようになったのよ」

「身体(からだ)の具合(ぐええ)でも悪いのかよ。吝い屋の度が過ぎて、飯(めし)を食うのももったいなくなって、痩(や)せ細っちまったとか」

「そうじゃなくてね……。その……、何ていうか……」

松吉は膝(ひざ)を叩(たた)く。

「わかった。聖庵堂に卸(おろ)してる薬の値を上げようってんだな。なんとも因業(いんごう)じゃねえか」

「違うわよ。聖庵堂にはタダ同然で卸してくれてるから。そうじゃなくてね……」

「それじゃ、何なんでえ」

お満はもじもじする。

「私もね、はっきり確かめたわけじゃないんだけど……。たぶん、そうじゃないかなあ……、なんて……」

万造はいらついてくる。

「あのなあ、おれたちは江戸っ子で気が短えんでえ。さっさと言いやがれ」

お栄が徳利を持ってくる。

「ほんとよ。早く話してよね。他のお客さんが来たら聞けなくなるじゃないの」

お満は〝ふう〟と息を吐き出した。

「おとっつぁんがね、どうやら、お律さんのことを好きになっちゃったみたいなの」

「はあ?」

万造、松吉、お栄の三人は同時になんとも言えない声を上げた。

「だからね、おとっつぁんが、お律さんに惚れちゃったんじゃないかって言ってるのよ」

松吉は驚きを隠せない。

「き、木田屋の旦那(だんな)が、お律義姉(ねえ)ちゃんに……」

　万造も驚いたようだ。

「江戸でも指折りの大店の主(あるじ)が、江戸でも指折りの汚(きたね)え長屋に住んでる後家(ごけ)さんに惚れただと」

　お栄はお盆を抱き締めた。

「いいじゃないのよ。人を好きになるのに、大店だろうが、長屋だろうが、そんなことはどうだって」

　お満は、万造が注(つ)いだ酒に口をつける。

「ひと月ほど前に、おとっつぁんが、風邪をこじらせて聖庵堂に来たのよ。熱が下がらないから、大事をとって離れに泊まることになってね。そこで、お律さんがいろいろと面倒(めんどう)をみたんだけど……」

　万造は呆(あき)れかえる。

「いい歳(とし)をして血迷いやがったか。お律さんはだれにでも優しいからなあ。木田屋宗右衛門は名代の吝い屋で頑固者(がんこもの)ときてる。他人(ひと)に優しくされたことなんざねえんだろ。だから、お律さんみてえな女(ひと)には、コロッといっちまうって寸法(すんぽう)よ」

お栄が口を挟む。

「決めつけるのは早いわよ。お満さんだって言ってたでしょ。確かめたわけじゃないって」

松吉は頷く。

「お満先生よ。その見立てに間違えはねえんだろうな」

お満は様々な場面を思い浮かべているようだ。

「だって、たいした病気でもないのに、お腹が痛いだの、腰が痛いだの、寒気がするだのと言って、聖庵堂に来るようになったから。親子なんだから、様子を見てればわかるわよ。十中八九、間違いないわ。私のおっかさんが亡くなって、もう何年にもなるし、おとっつぁんだって寂しいのかもしれないわ」

万造は唸る。

「うーん。でも、ちょいと歳の差はあるが、お律さんにとっちゃ、いい話だと思うがなあ。木田屋の旦那だって、もう隠居する歳だろう。根津あたりに乙な家でも建ててよ、そこで、お律さんとのんびり暮らすなんざ悪かねえ話だ。暮らしの心配だってするこたあねえ。なんたって、後ろにゃ木田屋がついてるんだからよ。松ちゃんだって、お律さんに独り身でいられるより、その方が安心なんじゃねえのかい」

松吉は何かを考えているようだ。

「おれの兄貴が死んじまってよ。それまでも、さんざっぱら苦労してきたお律義姉ちゃんだ。おれだって、楽をさせてやりてえさ。だがよ……」

「どうしたんでえ」

「木田屋宗右衛門は名代の吝い屋だ。お律義姉ちゃんと所帯を持ってからも、しみったれた暮らしをされたら堪ったもんじゃねえ」

お満は笑う。

「それは心配ないわ。おとっつぁんは本当の吝い屋じゃないの。奉公人の手前、吝い屋を演じているだけなのよ。お律さんに苦労をかけることはないと思うわ」

万造は首筋を掻く。

「木田屋に奉公しなくてよかったぜ。椀の底が透けて見える味噌汁を飲まされてるって話だからよ」

松吉は腕を組んで考え込む。

「うーん。お律義姉ちゃんがどう思うかだよなあ。義姉ちゃんは控えめな気質だし、楽をすることに慣れていねえ。金にも無頓着だ。そこいらの女なら玉の輿ってんで浮かれるかもしれねえがな」

お満は頷く。

「私もそう思う。お律さんは、身分やお金で心を動かされる人じゃないからね」

万造は酒を啜るように呑んだ。

「するってえと、江戸でも指折りの大店の主、木田屋宗右衛門は袖にされるってことか……。それはそれで面白えが、わからねえぜ。木田屋の旦那だって、家柄じゃなく、人柄でお律さんに惚れたんだろ。その気持ちは通じるかもしれねえ。女先生よ、そうは思わねえかい」

「そう思うわ。私だってお金や家柄なんかで一緒になる男を選んだりはしないから……」

万造とお満の目が合った。

「ふふふ」

そんな二人を見て、松吉とお栄の表情は緩む。

「な、なんでえ。気持ちの悪(わり)い声を出しやがって。それで、女先生よ。おめえさんは、どうなればいいと思ってるんでえ」

お満は少し考えてから——。

「そりゃ、おとっつぁんには幸せになってほしいとは思うわよ。でも、お律さんがおとっつぁんの気持ちを受け入れるかどうか……。私はどうすればいいのかなあ……」

お満は深い溜息(ためいき)をついた。

おけら長屋の大家(おおや)、徳兵衛(とくべえ)宅を訪ねてきたのは、一人息子の由兵衛(よしべえ)だ。

「父上。ご無沙汰(ぶさた)をいたしております」

由兵衛は武家(ぶけ)ではないが、徳兵衛のことを〝おとっつぁん〟ではなく〝父上〟と呼ぶ。

「久し振りだな。筑波(つくば)村の御薬園(おやくえん)に行く途中か」

「そうです。長居はできませんが、父上の顔が見たくなりまして」

「そんな世辞はよいから、早くこっちに上がりなさい」

由兵衛は医学と本草学を学び、薬草の研究をするため、甲府で妻のお七と暮らしている。お上が常陸国の筑波村に御薬園を設置したので、由兵衛は甲府と筑波村を行き来することがある。三十歳になる由兵衛は、本草学者らしく髪の毛を後ろで引き結んでいる。少しは貫禄もついてきたようだ。徳兵衛はそんな息子を見て目を細める。

「長旅で疲れただろう。袴の裾が埃だらけではないか。着替えを用意するから、湯屋に行ってきなさい。ひと晩くらいは泊まれるのだろう。酒でも呑みながら、薬草の話でも聞かせてくれ」

その晩、徳兵衛は由兵衛と水入らずで酒を酌み交わした。

「ところで子供は……」

「はあ、いまだに……。父上に孫を抱かせることもできず、申し訳ございません」

「すまんすまん。そんなつもりで言ったのではない。子供は授かりものだ。お七さんとお前が幸せに暮らしていてくれたら、わしは十分……」

「今の父上の言葉をお七に伝えたら、お七も、さぞ安堵することでしょう。……

ところで、父上」

由兵衛は徳兵衛に酒を注いだ。

「父上が一人で暮らしていることを、お七も気にしています。父上だって、いつまでもこの長屋の大家をやっているわけにもいかんでしょう。甲府は暮らしやすいところです。甲府に来て、私たちと一緒に暮らしませんか」

「そうか……。お前にそんな気を遣わせてしまっていたとは情けない。だが、そう言ってもらうと嬉しいものだな」

「それでは、甲府に……」

徳兵衛は静かに猪口を置いた。

「じつはな……」

話しかけた徳兵衛は口籠もる。

「どうしたのですか」

徳兵衛は自分を納得させるために小さく頷いた。

「やはり、お前には話しておこう」

徳兵衛の物言いに、由兵衛は少し身構えた。

「所帯を持ちたいと思っている女がいるのだ」

「所帯を……」

「いい歳をしてと笑うか」

「い、いや。そのようなことはありません。驚きはしましたが。それで、その方も父上のことを……」

徳兵衛は冷めかけた酒を口にした。

「相手の気持ちを確かめていないどころか、私の気持ちを伝えてもいない。いずれは伝えなければならないと思っているのだが……」

由兵衛の頭には気になることがよぎった。

「父上。その相手というのは、商売女では……」

徳兵衛は笑った。

「女郎に入れ上げるような歳ではないわ。この長屋に住んでいる後家さんだ。控えめで、だれにでも優しい女だ。お律さんといってな。あんな女と晩年をのんびり暮らせたらと思っている」

「そうですか。それなら私も安心です。それで……」

由兵衛はここで一度、言葉を切った。

「脈はあるのでしょうか。その、お律さんという女の気持ちです」

「それはわからん。じつは、私の気持ちを伝えるべきか、まだ迷っているのだ。私の気持ちを聞いて、お律さんが断ったなら、この長屋に住みづらくなってしまうだろうからな。由兵衛。筑波村の御薬園からの帰りに、もう一度ここに寄ってもらえるか。そのときまでに、考えをまとめておくつもりだ」

由兵衛は、少しの間をおいてから、小さく頷いた。

二

徳兵衛宅を訪ねてきたのは、木田屋宗右衛門だ。

「上方から珍しい酒が手に入りましてな」

宗右衛門は時折、酒と料理を持って、徳兵衛に会いに来る。大店の主は孤独なもの。まして吝い屋で通っている宗右衛門にとって、徳兵衛は数少ない友人だ。

「おお。それは楽しみです。私の方はあさりの佃煮が手に入りました。上方の酒にも合うと思います。さあさあ、お上がりください」

二人は、たわいもない世間話を肴に、酒のやりとりをする。

「徳兵衛さんはお若いですなあ。肌に艶があります。私などはもう枯れ葉のようです」

「何をおっしゃる。宗右衛門さんの背筋は真っ直ぐです。私の背中は丸まってきましたから」

宗右衛門は箸を置いた。

「ところで……。私もそろそろ隠居しようかと思いましてな。倅はまだまだ半人前ですが、番頭がしっかりしているので、商いの方は心配ありません」

「それはよい考えだと思いますよ。宗右衛門さんが隠居すれば、倅さんもしっかりするはずです。そんなものですよ」

「おっしゃる通りです。ただ、恐ろしくてね」

「恐ろしい……。何がですか」

宗右衛門は盃の酒を少し呑んだ。

「隠居をすると、いっぺんに老けてしまいそうな気がします。暮らしに張りがなくなりますからな」

「茶の湯、端唄、俳句……。習い事はいかがですかな」

宗右衛門は、その話に乗ってこない。

「隠居をするとなると、根岸か向島あたりに家を構えることになると思いますが、独り暮らしというのは寂しいものです。こんな歳になって笑われるのを承知で言いますが、その……、一緒に暮らしてくれる女人がいればと思います」

徳兵衛の表情は明るくなった。

「笑うものですか。じつは、私も同じことを考えていたのです。倅は私のことを心配して、甲府で一緒に暮らそうと言ってくれるのですが、倅の世話にはなりたくありません。かといって、余生を独りで暮らすのは、なんとも寂しい。茶飲み友達のような間柄でもかまいませんから、一緒に暮らしてくれる女がいればと思います」

宗右衛門は、徳兵衛の盃に酒を注いだ。

「さすがは我が友だ。徳兵衛さんなら私の気持ちをわかってくれると思っていました。ですから恥を忍んで打ち明けたのです」

徳兵衛は口に運びかけていた盃を止めた。

「も、もしや、宗右衛門さんには、心に決めた女がいるのではありませんか」

宗右衛門の動きも止まる。

「図星のようですな」

宗右衛門は年甲斐もなく、はにかんだ。

「徳兵衛さんにはかないませんなあ」

「宗右衛門さん。その相手というのは、商売女では……」

宗右衛門は笑った。

「わははは。女郎に入れ上げるような歳ではありません。ですが……」

「どうしたのですか」

「私が勝手に思いを寄せているだけで、その女の気持ちは確かめていません。伝えなくてはいけないと思うのですが、この歳になって、そんなことを打ち明けるのは、いかがなものかと……」

徳兵衛は大きく頷く。

「そ、宗右衛門さんもですか」

宗右衛門は、徳兵衛の鼻先を指差した。

「今、宗右衛門さんも……。〝も〟と言いましたな」

徳兵衛は小さな声で「しまった」と呟（つぶや）いた。

「確かに〝も〟と言いましたぞ。そして〝しまった〟とも言いましたな。徳兵衛さんにも心に決めた女（ひと）がいるのですな」

「宗右衛門さんにはかないませんなあ」

宗右衛門は嬉しそうだ。

「徳兵衛さんとは気が合いますなあ。この歳になって所帯を持つなど、世間の笑い物になるかもしれないと心配していましたが、徳兵衛さんも、となれば〝恥〟も半分で済みますからな」

徳兵衛も嬉しそうに酒を呑む。

「それは、私にしても同じことです。〝木田屋の旦那だって〟と言えますから」

知らぬが仏の二人は、大声で笑う。

徳兵衛は酒を味わうように呑むと盃を置いた。

「それで、宗右衛門さんが惚れた相手とは、どちらの方なので……」

宗右衛門は盃の酒を呑みほした。

「そ、それは……。まあ、その……。言いにくいものですなあ。徳兵衛さんこそ、どこの女人に惚れたのですか。教えてください」

「いや、私の方から先に尋ねたのですから、宗右衛門さんから話すのが筋というものでしょう」

「わははは。そんなものに筋も何もないでしょう」

「確かにその通りですな」

二人は同時に酒を呑んだ。そして、酒を注ぎ合う。会話は止まったままだ。切り出したのは宗右衛門だ。

「それでは、相手の名前の最初の一文字を教え合うというのは、いかがですかな」

「なるほど」

「私が惚れた相手の最初の文字は〝お〟です」

徳兵衛は呑みかけていた盃を元に戻した。

「ちょっと待ってください。例えば〝お満〟さんなら、最初の文字は〝お〟になるのですか。それとも〝ま〟になるのでしょうか」

宗右衛門は腕を組んで考える。

「やはり〝お〟でしょうな」

「宗右衛門さん。それはおかしいですぞ。〝お染(そめ)〟〝お里(さと)〟〝お咲(さき)〟……。たいていの女の名前は、最初の文字は〝お〟ということになってしまいます」

宗右衛門は徳兵衛の盃に酒を注ぐ。

「なるほど。徳兵衛さんの言う通りです。〝お〟の次の一文字を言うことにしましょう。さあさあ、呑んでください。お染さんなら〝そ〟ということになりますな」

徳兵衛は盃の酒を呑みほす。宗右衛門はそれを見て――。

「それでは徳兵衛さんからどうぞ」

「私が惚れた女(ひと)の名は、うっ……」

徳兵衛は口から出かけた言葉を呑み込んだ。

「危ない、危ない。どうして私から言わなければならないのですか。それでは〝せーの〟で同時に言うのはどうでしょうか」

「それは名案ですなあ。では、徳兵衛さん。いきますよ。せーの」

二人とも何も言わない。

「ずるいですぞ、徳兵衛さん。私だけに言わせようとして、何も言わなかったではありませんか」

「それは私の台詞です。宗右衛門さんも何も言わなかったでしょう」

酒を呑みほした二人は、だいぶ酔いが回ってきたようだ。徳兵衛は丼を前に置いた。宗右衛門は丼の中を覗き込む。

「サイコロが二つ入っていますな」

「ええ。万造と松吉が近所の大工などを呼んで、博打をやっていたので取り上げました。そんなことが知れたら、大家の私にもお咎めがあるかもしれません。相手の名をどちらから言うか、このサイコロで決めましょう」

「丁半博打ですか……」

「二つのサイコロの目を足した数が割り切れれば〝丁〟、割り切れなければ〝半〟です。まず、宗右衛門さんが丁か半か、どちらかを言います。そして私がこの丼の中にサイコロを落とす。宗右衛門さんが丁と言って、丁が出れば、宗右衛門さんの勝ちです」

「面白そうですな。やってみましょう。それでは……、丁です」

徳兵衛はサイコロを指の間に挟んで、宗右衛門に見せた。

「ようござんすね。ようござんすね」

「ちょっと待ってください。徳兵衛さん。あなた、博打場に通っているのですか」

「若いころの話です。それじゃ、ようござんすね。サイコロを落とします」

サイコロは丼の中で跳ね回る。そして、賽の目は〝三〟と〝二〟が出た。

「三と二で五です。割り切れないので半です。私の勝ちですな。わははは。それでは宗右衛門さんが惚れた女の名前、〝お〟の次の文字を教えてください」

宗右衛門は観念したようだ。

「お…………」

徳兵衛は耳を傾ける。

「よく聞こえませんでした。もう一度、言ってください」

「ですから、お…………」

「何ですか、それは……。〝う〟にも聞こえるし〝ん〟にも聞こえるし〝こ〟にも聞こえる」

「わしは、う、い、うんこなんて言ってませんぞ」

「じゃあ、はっきりと言ってください」

宗右衛門は手酌の酒を呑みほした。

「私にもサイコロを落とさせてください。徳兵衛さんだけがサイコロを落とすのは納得できません。それで私が負ければ言いましょう」

「往生際が悪いですなあ。わかりました。それではどうぞ」

徳兵衛は丼を宗右衛門の前に差し出した。宗右衛門はサイコロを指に挟む。

「さあ、半方ないか、丁方ないか。半方ないか……」

「ちょっと待ってください。宗右衛門さん。あなた、博打場に通っていたのですか」

「若いころの話です。さあ、早く言ってください」

徳兵衛は目を閉じた。

「半」

宗右衛門はサイコロを丼に落とした。サイコロは丼の中で跳ね回る。そして、賽の目は〝二〟と〝二〟が出た。

「二ゾロの丁。私の勝ちですな」

「宗右衛門さん。そんな言葉がサラッと出てくるとは、かなりの博打打ちですな」

宗右衛門が持参した五合徳利を持ち上げる。

「もう酒がありませんな」

「たいした酒ではありませんが、うちのでよければ……」

徳兵衛は立ち上がると、五合徳利を持ってくるが、足下はふらついている。宗右衛門はその徳利を奪い取るようにつかむと、徳兵衛と自分の盃に酒を注いだ。

「それでは、こうしましょう。一回ずつサイコロを振り、先に五回勝った方の勝ちとしましょう。一文字などと面倒なことはやめて、負けた方は惚れた女の名前を言う。どうですかな」

徳兵衛は膝を叩いた。

「よーし。望むところです。その勝負、お受けいたしましょう」

「もう、ごまかしは通用しませんよ」

「宗右衛門さん。いつ、私がごまかしたのですか。ごまかしてるのは宗右衛門さんではありませんか」

二人は同時に酒をあおる。徳兵衛はサイコロを握るが、身体が揺れている。

「それでは、私からサイコロを振りますからね。よろしいですな」

「嫌です。私から振ります」

「では、どちらからサイコロを振るか、サイコロを振って決めましょう」

「徳兵衛さん。サイコロを振る順番をサイコロで決めるのは、おかしくないですか」

「そんなことを言ったら、いつまでたっても事が進まないではありませんか。では、宗右衛門さんからサイコロを振ってください。大きい数が出た方から丁半博打のサイコロを振ることにしましょう」

「いいでしょう」

宗右衛門は、徳兵衛からサイコロを奪い取る。宗右衛門は丼の中にサイコロを投げるが、一つのサイコロが丼から飛び出した。徳兵衛は叫ぶ。

「小便だ〜」

「何ですか、そのしょんべんというのは」

「知らないんですか。サイコロが外に飛び出したら〝小便〟といって、負けになります。つまり、零点ということですな。わははははは。これで、私がどんな数字を出したとしても、私の勝ちになります。わはははは」

徳兵衛はサイコロを握ると、丼の中に落とそうとするが、サイコロは二つとも丼に入らず、畳に転がった。宗右衛門は転がったサイコロを指差して叫ぶ。

「小便だ～。それも、二つ小便だ～。わははは。ざまあみろ。わははは。私はサイコロが一つ丼に残りましたから。私の勝ちですな。わははは」

宗右衛門は盃の酒をあおった。

「さあ、よござんすね。丁か半か。張った、張った～」

徳兵衛は酒を呑みほしてから「丁だ！」と大声で叫んだ。


徳兵衛の家にやってきたのは、お里と、お咲だ。二人は引き戸の戸口から声をかける。

「大家さん。店賃を持ってきました。大家さーん」

返事はないが、大家の家からは大きな声が途切れ途切れに聞こえてくる。二人は引き戸を開けると中に入った。

「おじゃましますよ～。店賃を……」

座敷を見ると、徳兵衛が男に、つかみかかろうとしている。

「私が勝ったのが二回ですと～。私は三回勝ってるじゃありませんか」

「三回勝ったのは私ですぞ。徳兵衛が二回ではあーりませんか」

「私の名を呼び捨てにしましたな。大店の旦那とて許しましぇん」

二人とも酔いが回ってぐでんぐでんだ。徳兵衛は宗右衛門の襟（えり）をつかもうとするが、前に倒れそうになる。理由（わけ）はわからないが、とにかく止めなければならないと思ったお里とお咲は、座敷に上がって二人の間に入った。

「大家さん。落ち着いてください……。あなたも……。き、木田屋の旦那じゃありませんか。二人とも、いい歳をして何をやってるんですか」

徳兵衛は治まらない。

「宗右衛門さんはねえ、小便を二回もやってるのに、手で入れ直したんだ」

お咲は驚く。

「小便を二回もしてって、どこでしたんですか。手で入れ直すって、何をどこに入れるんですか」

宗右衛門も黙ってはいない。

「あんただって、今ここで小便したじゃないか。それも、立て続けに～」

お里も驚く。

「ここで、立て続けに小便って、漏らしたんですか……。大家さん。とにかく、木田屋の旦那の襟から手を離してください。うっ。酒臭い。こんなに酔っ払って……。お咲さん。井戸端に万松の二人がいたでしょう。呼んできてちょうだい」

すぐに万造と松吉がやってきた。

「大家と木田屋の旦那が取っ組み合いの喧嘩をしてるだと〜」

「喧嘩の原因は何なんでえ」

宗右衛門は、まわらぬ口で万造に助けを求める。

「おお。万造さんかと思ったら、万造さんではありませんか。この、徳兵衛さんにはすっかり騙されましたぞ〜」

徳兵衛は、よろけながら松吉に助けを求める。

「松吉、松吉さーん。騙されたのはこっちの方だ。宗右衛門さんの言葉は信じるな」

万松は、宗右衛門と徳兵衛の真ん中に置かれている丼に目をやる。

「なんでえ。この丼はよ。お、おい。中にサイコロが入ってるじゃねえか。おめえさんたちは、真昼間から酒を食らってサイコロを転がしていやがったのかよ」

松吉はそのサイコロを手に取る。

「こりゃ、おれから取り上げたサイコロじゃねえか。役人に知れたら大家の私にまでお咎めがあるかもしれねえが、聞いて呆れらあ。酒を食らってこんな面白え（おもしれ）ことをやってるんなら、声をかけてくれりゃよかったじゃねえか」

そこに一人の男が入ってきた。

「おじゃまいたします」

万造はその男の顔を見て――。

「由兵衛さんじゃねえか」

由兵衛は頭を下げた。

「ご無沙汰しております。こ、これは一体、何の騒ぎで……」

話したくて仕方ないお里がしゃしゃり出る。

「いえね、あたしとお咲さんが店賃を払いに来たら、大家さんと木田屋の旦那が揉（も）めてまして。それもこんなに酔っ払って。いつもは仲のいい二人なんですけどねえ」

松吉が手の平（ひら）でサイコロを弄（もてあそ）びながら――。

「どうやら、二人でサイコロを転がしていたようなんですがね、どっちかがイカサマでもやったんでしょうかねえ。喧嘩になっちまったようで。ですが、この通りの見事な酔いっぷりで、まともに話も聞けねえ有様（ありさま）で……」

　由兵衛は徳兵衛に近づく。

「父上。一体どうしたというのです」

　徳兵衛はやっと、由兵衛に気づいた。

「お、おお。倅殿ではあーりませんか」

　由兵衛は顔をしかめる。

「父上。喧嘩の原因（もと）は博打だというのは本当ですか」

「サイコロは転がしてましたよ〜だ。だけど、金なんか賭（か）けちゃいませんよ。ねえ、宗右衛門さん」

　宗右衛門は大きく頷く。

「徳兵衛さんのおっしゃる通りだよ。番頭さん」

　万造は呆れ顔だ。

「だれが、番頭さんでえ。だがよ、いい歳した男が金も賭けずにサイコロを転がすわけがねえ。それに、何も賭けてなければ喧嘩になるわけがねえ。何を賭けてたんですかい」

宗右衛門の声が大きくなる。

「徳兵衛さんが、惚れた女(ひと)の名を言わないからだ〜」

徳兵衛も黙っていない。

「宗右衛門さんが、所帯を持ちたいという女の名を言わないからだ〜」

宗右衛門と徳兵衛にとっては、他人に知られたくない話だ。特に万造と松吉に知られたら笑い物にされることは間違いない。だが、酒のせいで箍(たが)が外(はず)れてしまっている。

「つまり、お互いに惚れた女がいて、その女の名を聞き出そうとしてたってわけですかい。馬鹿馬鹿しいにもほどがあらあ。子供じゃあるめえし。なあ、松ちゃん」

松吉はニヤリとする。

「ひひひ。大家さんよ。万ちゃんとおれの店賃をひと月タダにしてくれるなら、宗右衛門さんが惚れてる女の名を教えてやってもいいぜ。いや、ふた月だな」

徳兵衛は酒をあおる。

「よし。乗った。教えろ。店賃はふた月タダにしてやる。どうせ、半年も溜めてるんだ。ふた月など、どってことはない」

「お里さんに、お咲さん。証人になってくれよ」

松吉は軽く咳払い(せきばら)をしてから――。

「木田屋の旦那が惚れているのはな、聞いて驚くなよ。お律義姉ちゃんでえ。そうですよね、宗右衛門さん」

宗右衛門の顎(あご)は震(ふる)える。

「ど、ど、どうしてそれを……」

徳兵衛の顎も震えている。

「図星のようですねえ。おれと万ちゃんの耳にはいろんな話が入(へえ)ってくるのよ。恐れ入ったかい」

由兵衛が独り言のように――。

「お律さん……。確か父上が所帯を持ちたいと言っていた女(ひと)の名も、お律さんだったような……」

「お律さんだと？」

「い、いえ、そんなことは……、言ってませんぞ」

お里とお咲が声を揃えて――。

「確かにお律さんて言ったよ」

徳兵衛は、酒をあおってから――。

「私が、お律さんに惚れちゃ、いけないのかい。そ、そんな決まりがあるのかい」

お里とお咲は顔を見合わせる。

「大家さんが、お律さんに惚れていたなんて……」

宗右衛門は徳兵衛を指差し、顔を真っ赤にして――。

「お………」

万造は面白がって煽りたてる。

「何でえ、それは。〝う〟にも聞こえるし、〝ん〟にも聞こえるし、〝こ〟にも聞こえる」

「私は、うんこなんて言ってませんよ」

「じゃあ、もう一度言ってみろ」

松吉はお里とお咲の袖を引っ張って、座敷の隅に連れていく。

「いいかい。このことはお律義姉ちゃんの耳に入れちゃいけねえよ」

「どうしてだよ」

「この話がどう転ぶかはわからねえが、成り行きによっちゃ、お律義姉ちゃんが、この長屋で暮らしづらくなるじゃねえか」

お里とお咲は、頷く。

「そりゃ、そうだ。わかったよ」

「さて、どうしたもんかねえ。この老いらくの色恋をよ……。なあ、万ちゃん」

「ああ。この酔いっぷりじゃ、二人とも覚えてねえかもしれねえな。お律さんに惚れてるって、おれたちに知られたことをよ」

万造が宗右衛門と徳兵衛を見ると、二人は座敷に倒れ込んでいた。

三

翌日、この出来事は、お律を除くおけら長屋中に広がった。八五郎の家では朝からこの話題で持ち切りだ。八五郎は味噌汁に口をつけるとお椀を置いた。

「そんなことがあったのかよ。驚きだぜ。大家がお律さんに惚れていたとはな」

お里は山のように飯を盛った茶碗(ちゃわん)を八五郎に渡す。

「あたしだって驚いたさ。それに、木田屋の旦那もお律さんに惚れてたってんだから、驚きも倍になっちまったよ」

八五郎は飯を頬張(ほおば)る。

「あにょぐ…………」

「お前さん。何を言ってるんだかわからないよ。ちゃんと呑み込んでから喋(しゃべ)りなよ」

八五郎は飯を茶で流し込んだ。

「あのくれえの歳になると、余生のことを考えるんだろうよ。静かに暮らしてえが、独りは寂しい。そんな人には、お律さんみてえな人はうってつけだからよ」

八五郎はお里を見つめる。

「それに比べて、おれは死ぬまで落ち着いて静かに暮らすことができねえのか……」

「お前さん！　そりゃどういう意味だい」

「どういう意味って、今まさに、その答えをおめえが出してるじゃねえか」

「お前さん！」

八五郎は話を変える。

「それで、お律さんは何にも知らねえんだろう」

「そうだよ。それを知ったお律さんはどうするんだろうねえ。木田屋の旦那を選ぶのか、大家さんを選ぶのか、二人とも袖にするのか……」

八五郎は箸を置いて腕を組む。

「お律さんのことを考(かんげ)えたら、木田屋の旦那だろうなあ。お律さんはいろいろと苦労が多かったそうじゃねえか。木田屋の旦那なら暮らしの心配(しんぺえ)はねえ。それも妾じゃなくて正真正銘の女房(にょうぼう)だろ。旦那が隠居したら物見遊山(ものみゆさん)と洒落(しゃれ)こめるじゃねえか」

お里は不満そうだ。

「そりゃ、そうだけど……。そうなったら敷居(しきい)が高くなって、お律さんに会いづらくなっちまうだろ。大家さんの女房になれば、おけら長屋の住人のままじゃないか。それにしても許せないのは木田屋の旦那だよ。どうしてあたしに目をつけなかったのかねえ……」

八五郎は何も答えずに飯を搔っ込んだ。

おけら長屋の井戸端で洗濯をしながら話をしているのは、お咲とお奈津(なつ)だ。

「お律さんは聖庵堂に行ったかい」

「ええ。さっき出ていきましたから」

「お奈っちゃんはどう思う?」

「大家さんと木田屋の旦那のことですか」

「そうだよ。あたしは大家さんがいいと思うけど……」

「どうしてですか。あたしなら木田屋の旦那を選びますけど。だって、江戸でも五本の指に入る大店の主ですよ。やっぱり、金目(かねめ)でしょう。木田屋の旦那なら先に死んでも、お律さんにはそれ相応の金を残してくれますからね。こんな貧乏長屋の大家じゃ比べものになりませんよ」

「でも、選ぶのはお奈っちゃんじゃなくて、お律さんだからねえ……」

「そりゃ、そうですけど」

「でも、お奈っちゃんの気持ちもわかるよ。あたしだって、こんな貧乏暮らしから抜け出せるんだったら、相手がどんな爺だって我慢するさね」

「その心配はありませんよ。そんな物好きはこの世にはいませんから」

「そりゃ、そうだけど……って、お奈っちゃん。いいかげんにしなさいよ。でも、羨ましいねえ。お律さん……」

二人は洗濯をする手を止めて、大きな溜息をついた。

松吉の家で呑んでいるのは、万造と松吉だ。万造は松吉の湯飲み茶碗に酒を注ぐ。

「で、松ちゃんはどうなんでえ」

「何がよ」

「大家と木田屋の旦那のことに決まってるじゃねえか。義理の弟としちゃ黙っていられねえだろう」

「そんなこたあねえよ」

「もしお律さんが、大家か木田屋の旦那からの話を受けたら、その、何だ……。

お律さんが、松ちゃんの兄さんを裏切ったみてえな気になるんじゃねえかと……」

松吉は大声で笑って、万造に小指の先を見せた。

「そんなこたあ、これっぽっちも思っちゃいねえよ。おれはただ、お律義姉ちゃんに幸せになってほしいだけでえ。大家を選ぼうが、木田屋の旦那を選ぼうが、お律義姉ちゃんがよければそれでいいんでえ」

万造は真顔になる。

「その言葉に嘘（うそ）はねえな。お律さんがどっちに転んでも、それが、お律さんの気持ちなら構わねえってんだな」

「どうしたんでえ。マジな面（つら）をしてよ」

「どうやら、嘘はねえようだな。それを確かめねえと、次の話に進めねえからよ」

「何でえ。その、次の話ってえのはよ」

万造は心持ち、声を小さくした。

「大家と木田屋の旦那をあおって、ひと儲（もう）けしようと思ってよ。そうだな……。まずは、おれと松ちゃんが割れることだな」

「面白そうじゃねえか」

「おれが木田屋の旦那、松ちゃんが大家の味方になる。どうなるかはわからねえ。とにかく、駒（こま）を進めてみようじゃねえか」

二人は湯飲み茶碗の酒を呑みほした。


翌日――。松吉は徳兵衛の家を訪ねた。

「何だ。溜めてる店賃でも持ってきたというのか」

松吉は断りもせずに座敷に上がり込むと、徳兵衛の正面で胡坐（あぐら）をかいた。

「その様子だと、この前（めえ）のことは覚えちゃいねえようですねえ」

「何だ、この前のこととは」

「木田屋の旦那が来て、大家さんが酔っ払っちまったときのことですよ」

徳兵衛の背中に冷たい汗が流れた。サイコロを出したあたりまでは覚えているのだが、その後の覚えがない。お里さんがいたような気もするし、お咲さんの声が聞こえたような気もする。万松の二人も……。悪い夢を見たときには、必ず万造と松吉が出てくるので、あれは夢だったのかもしれない。気になるのは由兵衛だ。翌日、目を覚ますと、由兵衛は逃げるように帰っていった。家を出ていくときに由兵衛は「父上。申し訳ありませんでした」と頭を下げた。何が申し訳ないのだ。何が起こったというのだ。

「もしかして、何にも覚えてねえってことですかい……」

「いや、まあ、その……。だいぶ呑んでしまったからな」

「それじゃ、あのことも覚えていねえのか……。へえ、そうなのかい」

松吉は心の中で、ほくそ笑む。これで手綱は握った。

「あのとき、何が起こったか知りてえですかい」

徳兵衛は何も答えない。ヘタなことを言うと、松吉のいいように持っていかれてしまうからだ。

「しかし、驚いたぜ。大家さんと木田屋の旦那がお律義姉ちゃんに惚れてたなんてよ。惚れるだけならともかく、余生を一緒に暮らしてえってんだから引っ繰り返るじゃねえか」

徳兵衛の表情が変わる。

「私がそんなことを言ったのか」

「ああ。私がお律さんに惚れちゃいけないのか。そんな決まりがあるのかって、そりゃ、ものすげえ剣幕でよ。まあ、その前に由兵衛さんが口を滑らしちまったがな」

徳兵衛には確かめたいことがある。

「もう一度訊くが、宗右衛門さんも、お律さんに惚れていると言ったのか」

「そうでえ。はっきり言ったぜ」

徳兵衛は心の中で頷いた。宗右衛門が惚れていたのも、お律さんだったのか。隅に置けない男だ。

「大家さん。なんで、おれがここに来たかわかりますかい。お律義姉ちゃんは、おれの大切な身内だ。お律義姉ちゃんには幸せになってもらいてえと、心から願ってるんでえ。それによ、やっぱり身内としちゃ、お律義姉ちゃんが所帯を持ったとしても、近くにいてくれた方が安心じゃねえか。つまり、おれにとっちゃ、お律義姉ちゃんが所帯を持つなら、大家さんの方が都合がいいってわけよ。だから、力になろうと思って、来たくもねえところに来てるんじゃねえか」

松吉は徳兵衛の様子を窺う。もうひと息といったところだ。

「だが、大家さんが、そんな気はねえ、それは何かの間違えだってえなら、このまま帰(けぇ)りますが……」

松吉は立ちかける。

「ちょって待ってくれ」

松吉は浮かせた腰を、また下ろした。

「おれは、女に惚れることがどうのこうのと野暮(やぼ)なことを言うつもりはねえ。大家さんだって男だ。それに、お律義姉ちゃんに惚れたとしたなら、人を見る目があるってもんでえ。大家さんを見直すぜ。力になろうじゃねえか」

徳兵衛は覚悟を決めたようで、大きく頷いた。

「松吉。お前さんの言う通りだ。若い時分の惚れた腫(は)れたとは違う。でも、この気持ちは本当だ。お律さんのような優しい女(ひと)と、余生を静かに暮らしたいと思っている」

松吉は小さく頷きながら――。

「気持ちはわからねえでもねえ。だがよ、相手は江戸でも五本の指に入(へぇ)る大店、木田屋の旦那だ。こりゃ、強敵だぜ。それにもっと厄介(やっけぇ)なことがある。大家さんも耳にしたことがあるだろう。万ちゃんと聖庵堂のお満先生がデキてるってよ」

「そんな噂（うわさ）があるらしいな」

「木田屋の旦那はお満先生の父親（てておや）だ。万ちゃんは、木田屋の旦那につくそうだ。恩を売っておけば、お満先生と一緒になりてえと言ったときに反対（はんてえ）されずに済むかもしれねえからな。万松と呼ばれる二人が袂（たもと）を分かつのは忍びねえが、今度ばかりは仕方ねえ。うかうかしてると、先手を打たれて、お律義姉ちゃんは木田屋の旦那にとられちまうぜ。それでもいいのかよ」

「そ、それは困る」

「それなら、策を練（ね）ろうじゃねえか」

「よろしく頼む。私にできることがあったら何でも言ってくれ。そ、そうだ。もし、私とお律さんが一緒になれたら、お前さんの溜めた店賃は帳消しにしよう」

「それなら、万ちゃんの店賃も帳消しにしてくれや」

「なんで、万造の店賃まで帳消しにせにゃならんのだ」

「少しはものを考（かんげ）えろや。そう言やあ、万ちゃんだって大家さんの味方になろうって思うかもしれねえだろ。帳消しなんてケチなこたあ言わねえで、向こう一年の店賃は要（い）らねえ、くれえのことは言ってもらいてえもんだぜ」

「わ、わかった。わかったから、よろしく頼む」

松吉は軽く自分の胸を叩いた。


万造が日本橋にある木田屋を訪ねると、宗右衛門の座敷に通された。

「おお。万造さん、珍しいですな」

万造は宗右衛門の耳元で囁く。

「お律さんのことで、ちょいと話がありやしてね」

宗右衛門はあたりを見回す。

「外へ出ましょう」

宗右衛門は、そう言うと雪駄に足を入れた。

二人は料理屋の二階にある座敷に入った。

「昼間から酒というのはまずいですかな」

「そんなことはねえです。木田屋さんにはうちのクソ不味い米を入れてもらってやすから。木田屋の旦那と会ってたと言やあ。大手を振って酒が呑めまさあ」

酒と料理が運ばれてきて、二人は盃を合わせた。

「ところで、お律さんがどうかしましたか」

宗右衛門もあの日のことは覚えていないようだ。だが、万造を料理屋に誘い込んだことで、心中は透けて見えている。

「宗右衛門さん。大家の家で酔っ払ったときのことは覚えていますかい」

宗右衛門は恥ずかしそうな表情になる。

「それが、よく覚えていないのですよ」

サイコロを転がしたあたりまでは覚えているのだが、それからどうなったか定かではない。徳兵衛と喧嘩になったような気もするし、だれかに止められたような気もする。

「大家とサイコロを転がしたことは覚えていますかい」

「それは覚えている」

「どうして、サイコロを転がしたかは覚えていますかい。惚れた女の名を、どっちが先に言うかってことでしょう」

宗右衛門は何も答えない。いや、答えられないのだ。

「知ってますかい。大家の惚れた相手はお律さんだったんですよ。宗右衛門さんが惚れた相手と同じってことですよ。お互いがそれを知って、取っ組み合いになっちまったんですから」

このあたりは、話を作っても大丈夫だろう。

「そうだったのか……。徳兵衛さんも、お律さんのことを……」

「宗右衛門さんが、お律さんに惚れていることは、お満先生も承知してますぜ」

「お満が……」

「たいしたことがねえのに、聖庵堂にちょいちょい顔を出すようになったのは、お律さんに会いてえからだってね。娘だからわかるって言ってましたぜ」

宗右衛門は味のしない酒を呑んだ。

「あっしがここへ来たのはね、お律さんは、大家と一緒になるより、宗右衛門さんと一緒になった方が幸せになれると思ったからですよ。お律さんの義理の弟にあたる松ちゃんは、大家の方につきました」

「松吉さんが……」

「おれと松ちゃんが割れるくれえだから、おけら長屋の連中も、大家派か、宗右衛門さん派か、真っ二つに割れてます」

「おけら長屋のみなさんもご存知なんですか」

「当たり前(めえ)じゃねえですか。お律さんのことで、大家と取っ組み合いになったのを止めたのは、お里さんですぜ。あの女(ひと)に知られたら最後、近所の猫や、飛んできた蚊(か)にまで知れ渡るってことでさあ。だが、心配(しんぺえ)しねえでくだせえ。お律さんの耳には入(へえ)らねえように手は打ってありやすから」

宗右衛門は胸を撫(な)で下ろした。

「ぐずぐずしてると、松ちゃんたちが動きだしますぜ。向こうには義理の弟がついてます。こっちは不利ですぜ。大家とお律さんが一緒になっちまってもいいんですかい」

宗右衛門は盃を叩きつけるように置いた。

「そ、それは困る」

「だったら、こっちも手を打たねえと。まずはおけら長屋で大家側についている女たちを切り崩すことです。お律さんだって、女連中に言い包(くる)められれば、そっちに傾きますからね。さて、どうやって……」

宗右衛門は座布団(ざぶとん)を横にずらすと、両手をついた。

「万造さん。どうか、よろしくお願いします」

「やめてくだせえ。大店の主がこんな米屋の奉公人に頭を下げるなんざ……」

顔を上げた宗右衛門は、懐から紙入れを取り出す。

「おかみさんたちを切り崩すには、元手も要るでしょう。とりあえず、これを使ってください」

宗右衛門は万造の前に小判を一枚置いた。

四

酒場三祐で呑んでいるのは、万造と松吉だ。松吉は万造の猪口に酒を注ぐ。

「こんなにうまくいくとは思わなかったぜ」

万造は懐から小判を一枚取り出すと、頬ずりする。

「小判ちゃん。会いたかったぜ。もう少し引っ張れば、まだ一両や二両は出てくるだろうよ。それで、そっちはどうなんでえ」

松吉は酒をあおる。

「溜めた店賃は帳消しで、向こう一年の店賃もタダにするってとこまではもっていけた。これで、大家と木田屋の旦那、どっちに転んでも損はねえってことだな」

「嬉しいじゃねえか。サイコロを転がしてよ、丁が出ようが、半が出ようが儲かるって寸法でえ」

「違え(ちげ)ねえや。だが、ひとつ厄介(やっけえ)なことが残ってらあ。お律義姉ちゃんに、いつ言うかだな。大家と木田屋の旦那のことをよ」

殺気を感じた万造が振り返ると、そこに立っているのは、お満だ。

「何でえ、怖え(こえ)顔をしてよ」

「どっちに転んでも損はないって、どういうことよ」

お満は草履(ぞうり)も揃えず、座敷に上がり込むと、万造の隣に座った。

「おとっつぁんに何を言ったのよ。様子がおかしいって番頭さんが言うから、木田屋に行っていろいろ調べたら、万造さんが絡んでるそうじゃないの」

万造は惚(とぼ)ける。

「さあ、何のことだか、さっぱりわからねえなあ」

「嘘。万造さんが訪ねてきてから、そわそわするようになったたって」

「ああ、あれか……。道に迷ったんで、店に入（へえ）って尋ねたら、そこがたまたま木田屋さんでよ。さらに驚いたことに、木田屋の旦那がいたんでえ。世の中ってえのは信じられねえことが起こるもんだなあ。なあ、松ちゃん」

「まったくでえ」

お満の目は吊（つ）り上がる。

「そんなことが、あるわけないでしょ」

「教えてあげようか」

その席に割り込んできたのは、お栄だ。お栄は何かを言おうとしている松吉の口を手でふさいだ。

「どうせ最後はバレるんだから。木田屋の旦那が、おけら長屋の大家さんのところに来てね……」

お栄は経緯（いきさつ）を語り出す。

「この二人は、ぐでんぐでんになった大家さんと木田屋の旦那が、お律さんに惚れていることを知ったわけ。それをいいことに、万造さんが木田屋の旦那、松吉さんが大家さんをその気にさせて、おこぼれに与（あずか）ろうって魂胆（こんたん）なのよ」

お栄は続ける。

「大家さんと木田屋の旦那が、お律さんに惚れてることを知ったおけら長屋の人たちも真っ二つに割れてね。万造さんは木田屋の旦那を後押しする元手として、一両をせしめたみたいね。松吉さんは、お律さんが大家さんを選んだら、店賃を向こう一年間タダにする約束をさせた。だから、お律さんがどちらを選んでも、選ばなくても、この二人にとって損はないってことなのよ」

お満は呆れる。

「まったく、もう……」

万造と松吉はうなだれる。

「万造さんと松吉さんじゃない。万松の二人がそれくらいのことをやっても、だれも驚きゃしないわよ。呆れるのは、おとっつぁんよ。いい歳をして酔いつぶれたあげくに、こんな人たちの口車（くちぐるま）に乗って……」

万造は苦笑いを浮かべる。

「こんな人たちってえのはねえだろうよ。なあ、松ちゃん」

「当たってるような気もするがなあ。わははは」

暖簾を潜るようにして入ってきたのは、お染だ。

「おや、万松のお二人さんだけかと思ったら、お満さんもいたのかい」

万造と松吉は、お染の後ろに立っている女を見て驚く。

「お、お律さん」

「お律義姉ちゃん」

お染は、お律を座敷に座らせた。

「おけら長屋の中でも騒ぎになってきたしね、このあたりで収めないと騒ぎが大きくなるだけだ。だから、お律さんに話したのさ。もちろん、お律さんには所帯を持つ気がないって察した上でのことだけどね」

お律は軽く頭を下げた。

「こんな田舎者の私に……、ありがたいお話だとは思います。でも今は、聖庵堂で働くことに生き甲斐を感じているんです。聖庵先生は立派な人です。口が悪いのは照れ隠しなんです。本当は優しい人です。貧乏な人からはお金をとりませんが、手を抜くこともしません。それを支えるお満先生も立派な人です。私も、聖庵先生やお満先生のように世の中の役に立ちたい。たいしたことはできないとわかっています。でも、薬草を植えたり、洗濯をしたり、掃除をしたり……、少しでも役に立ちたいと思っています。ですから、所帯を持つなんて、今の私には考えられないことなんです。松吉ちゃんも私の気持ちは、わかってくれるよね」

お満の目頭は熱くなる。

「たいしたことはできない、なんてとんでもないです。お律さんのおかげで、どれだけ助かっているか。縁の下で聖庵堂を支えているのは、お律さんなんですから。お律さんは聖庵堂に、なくてはならない人です」

お律の頰に涙が流れた。お染は、お律に手拭いを渡す。

「お律さん。大家さんと木田屋の旦那の話は、あたしたちで収めますから、お律さんは何も知らない顔をしていればいいんですよ。お里さんたちにも、釘を刺しておきます」

お律は涙を拭った手拭いを、お染に返した。

「ありがとうございます。それじゃ、私は……。この薬を届けなければならないので……」

お律は出ていった。お染は、お栄に——。

「それじゃ、私にも猪口をもらおうか」

お染は冷めた酒を注ぐと、吸い込むように呑んだ。

「お満さん。聖庵堂で一緒に働いていて気づかなかったのかい」

「えっ……」

お満は戸惑う。

「お律さんのことだよ。お律さんはね、聖庵先生に惚れているのさ」

「お律さんが、聖庵先生に……」

「ああ。そうだよ。だけど、それは色恋の惚れた、じゃないかもしれない。お律さんはね、男としての聖庵先生に惚れたんじゃなくて、人としての聖庵先生に惚れたんだ」

「人としての聖庵先生に……」

お満は嚙み締めるように、その言葉を繰り返した。

「だけど、その気持ちはいつか、男としての聖庵先生に変わるかもしれない。お律さんは、まだ自分のそんな気持ちに気づいてないのさ。今は、心の底から、聖庵先生の役に立ちたい、聖庵先生の側で自分の仕事を全うしたいと思っているんだよ。そっと見守ってやろうじゃないか」

お満は俯く。

「そうだったんですね……」

お栄が徳利と猪口を持ってきて、お満の前に置いた。

「おや、お栄ちゃん。気が利くねえ」

お染は、その猪口に酒を注ぐ。

「お満先生。医者としての腕はだいぶ上がったようだけど、女心を知るには、まだまだ修行が足りないようだね。もっと、愛しい思いも、切ない思いもたくさんしないとね」

お満は小さく頷くと、その酒を呑みほした。

お染は、万造に目をやる。

「頼んだよ、万造さん」

「な、何でおれが頼まれるんでえ」

お染は意味ありげな笑い方をする。

「それはそうと、万松のお二人さん。大家さんと木田屋の旦那には、うまいこと言って、この騒動をまとめておくれよ」

　お栄も意味ありげな笑い方をする。

「それはそうと、万松のお二人さん。木田屋の旦那からせしめた小判は、あたしが預かっておくからね」

　お栄は指の間に挟んだ小判をチラリと見せる。万造は半纏(はんてん)の袖口を叩き、座布団を捲(めく)る。

「ね、ねえ。おれの小判がねえ」

　お栄はその小判を指先で弄びながら――。

「木田屋の旦那から、返せって言われたら困るから、抜き取っておいたのよね」

「まったく、油断も隙(すき)もありゃしねえ」

「いいじゃないの。溜まったツケは返せるし、当分はタダで呑めるんだから」

　万造と松吉は、がっくりと肩を落とした。

　徳兵衛の家で呑んでいるのは、徳兵衛と宗右衛門だ。宗右衛門はしみじみと酒を呑む。

「考えてみれば、その通りですなあ。お律さんはご亭主が亡くなって、まだ日が浅い。所帯を持つ気になれないというのもわかります」

徳兵衛は頷く。

「私たちの勇み足ってことですな」

「それも、痛み分けってことで、私と徳兵衛さんの間にも角が立たずに済みました。徳兵衛さんは、かけがえのない老友ですからな」

「何を言いますか。私はまだ、そんな歳ではありません」

「これは失礼しました」

徳兵衛は笑いながら宗右衛門の盃に酒を注ぐ。

「お律さんは、私と宗右衛門さんが、お律さんに惚れてしまったことを知らないそうです。お染さんが訊いてくれました。お律さんを見初めた人がいるんだけど、所帯を持つ気があるかどうかと。きっぱり、ないと言われたそうです。よかったですよ。私と宗右衛門さんのことを知られたら、この長屋で暮らしづらくなってしまいますから。松吉には、溜めた店賃を帳消しにすることで、お律さんのことは洒落だったということにしてもらいました」

「私は万造さんに一両を払って、何もなかったことにしてもらいました。しかし、何事もサイコロを振って決めるようなわけにはいきませんなあ」

「まったくです」

そのとき、引き戸が開いた。

「ちょっとよろしいかな」

顔を見せたのは、相模屋(さがみや)の隠居、与兵衛(よへえ)だ。

「ぜひとも、お二人に聞いてほしい話があります。いい歳をして、みっともないのですが……」

与兵衛は、座敷に上がると、かしこまって座った。

「実は、お律さんのことが……」

嫌われ者の与兵衛には、この騒動が耳に入っていない。

徳兵衛と宗右衛門は顔を見合わせると、深い溜息をついた。

本所おけら長屋（十八）　その四

きんぎん

一

大川（隅田川）の東側、北本所番場町にある油問屋、黄金屋の仏間には重苦しい気が漂っている。奥座敷には布団が敷かれ、頭から右半身にかけて包帯を巻かれた子供が、死んだように眠っている。

仏壇に向かって手を合わせていた主の忠左衛門は、おもむろに振り返る。

「それで、番頭さん。奉行所はどうなりました」

番頭の東助は申し訳なさそうに――。

「再三、申し上げたのですが、そこまで手が回らないと……」

忠左衛門はまた、仏壇に向き直って手を合わせた。

「慶太郎は死の淵をさまよっているのですよ。他にも怪我をした者が何人かいるそうではありませんか。奉行所というところは、袖の下に金を入れないと動いてはくれないのでしょうか」

「同心にいくらか包んでみましょうか」

「そんなことはしなくて結構です。私どもが金を包む道理がどこにあるのですか。頭はどうなりましたか」

頭とは、町内を領分にしている鳶、松葉組の棟梁のことである。

「頭は、旦那様の頼みとあればどのようなことでも……、とのことでございます。事あるごとに祝儀を頂戴して、こんなときにしか恩返しができないと申しておりました」

「そうですか。さすがは頭です。義理というものをちゃんと心得ているのですよ。若い衆たちの手も借りるでしょうから、手当の他に酒手も弾んでやってくださいよ」

「承知いたしました」

忠左衛門は奥座敷に向かって、「慶太郎。必ず仇は討ってあげますから」と囁いた。

江戸市中では、あちこちで野良犬を見かけるようになった。野良犬は徒党を組むこともあれば、一匹で行動することもある。ただ双方に言えることは、人間を恨み、狂暴になる犬が多いということだ。犬は仔犬のときから愛情を持って育てれば、人に懐く生き物だ。だが、石を投げられたり、棒で叩かれたりするうちに、人を憎むようになるのだ。

黄金屋の三男、慶太郎が野良犬に襲われたのは、十日前のことだった。

大川の河原で遊ぶことを毎日の楽しみとしていた慶太郎は、子守のお克に連れられて店を出た。大川は目と鼻の先で、慶太郎は河原に出ると、無邪気に走り回る。

「慶太郎坊ちゃま、川の方に行ってはいけませんよ。落ちたら大変です」

忠左衛門には子供が四人おり、十九歳になる長男と、十七歳になる次男は黄金屋に入り、商いの修業を積んでいる。慶太郎は歳が離れてできた末っ子で、忠左衛門は目の中に入れても痛くないほどに可愛がっていた。このあたりの地面は草の生えた土なので転んでも安心だ。お克は少し離れたところから、慶太郎を見守っている。慶太郎が怪我でもしようものなら、お克は間違いなく暇を出される。

お克は気を抜くことができないのだ。

そのとき——。草むらから一匹の白い犬が飛び出してきて、慶太郎に襲いかかった。

「ぼ、坊ちゃま……」

飛びかかった犬は、慶太郎を引きずり倒すと、着物に噛みついて振り回す。お克は足がすくんでしまい、動くことができない。

「だ、だれか〜」

河原の土手を職人風の男が歩いてくる。

「た、助けてください。坊ちゃまが、坊ちゃまが……」

お克は恐ろしくて、慶太郎がどうなっているのか見ることができなかった。時折、犬の唸り声と、慶太郎の泣き叫ぶ声が聞こえてくる。騒動に気づいた職人風の男がふたり駆けつけてきた。

「ぼ、坊ちゃまが、犬に、犬に……」

男たちは、お克が指差す方に歩み寄る。犬はすでにいなくなっており、慶太郎は顔と右半身を噛まれたらしく、その場は血に染まっていた。

「医者だ、医者を呼べ！」

一人が走り出すと、もう一人の男は慶太郎の頬に手拭いをあてた。

近所の医者が外出していなかったのが、幸いだった。素早い治療が功を奏して、意識はないが、命はとりとめた。しかし顔に負った傷は深く、右腕は動かないかもしれないとの診立てだった。

忠左衛門は命を取り留めたことには安堵したものの、息子の将来を思い、男泣きに泣いた。そして同時に、犬をひどく憎むようになっていた。

おけら長屋に住む八百屋の金太は、棒手振りの商いをしており、本所界隈を縄張りにしている。万造や松吉からは「馬鹿金」「抜け金」などと陰口を叩かれている――いや、面と向かって言われることも多いのだが――、行商の先々では、なかなかどうして人気者だ。

「金太さんじゃないか。こんな刻限になっても、まだ唐茄子（かぼちゃ）が残ってるのかい。それじゃ、三つばかり置いていきなよ。あはは。置いていきなって、ちゃんと御足は払うから心配しなくていいよ」

「金太さん。弁当を使うなら、ここで食べるがいいよ。お茶を持ってきてあげるから」

「お金は落とさないようにね、紙入れには紐がついてるだろ。それを首からかけなさい。逆さまにしちゃ駄目だよ。ほら、小銭が落ちちまったじゃないか」

何かと面倒をみてもらえるのだ。

その日、金太は神社の境内にある石段に腰かけ、竹皮の包みを開いた。そこには大きな握り飯が二つ入っている。おけら長屋の女たちは、握り飯を作って金太に持たせてくれる。今日は畳職人、喜四郎の女房、お奈津が握ってくれたものだ。その握り飯に齧りつこうとしたとき、金太は近くに白い犬がいることに気づいた。その犬は一間（約一・八メートル）ほど離れたところから金太を睨み、牙を剝き出しにして唸っている。

「狸……。狐……。そうだ、おめえは犬だな。そんなに笑って、何か面白いことでもあったのか」

金太には、その犬が笑っているように思えたのだ。犬はさらに大きな唸り声を出す。

「なんだ。おめえは起きてるのに、イビキをかいてるのか」

金太は握り飯に齧りついた。犬は拍子抜けしたようだ。いつもなら、相手は逃げるか、棒で追い払おうとするか、石を投げつけるかだ。

「おめえも、この握り飯が食いてえのか」

金太は立ち上がると、犬に近づいて握り飯を差し出した。犬は握り飯にではなく、金太の手首に噛みついた。

「痛えなあ。おめえ、そこは手だ、握り飯じゃねえぞ。噛むのはこっちだ」

金太は食べかけの握り飯を地面に置いた。一度、後退りをした犬だが、ゆっくりと握り飯に近づくと、上目で金太を警戒しながら握り飯を食べはじめた。金太も握り飯に齧りつく。

「なんだ、おめえ。もう食っちまったのか」

犬は金太を見つめている。牙を剝き出しにしたり、唸ったりはしていない。

「もっとほしいのか。それならこれを食え」

金太は犬の方に唐茄子を転がした。だが唐茄子は途中から曲がって金太の方に戻ってきた。

「帰(けえ)ってきたぞ。どうやら、この唐茄子は、おめえに食われたくねえらしい。なら、これをやるから、食え」

金太は、まだひと齧りしかしていない握り飯を犬の前に置いた。犬はその握り飯をむさぼるように食べた。

「痛(いて)え……。そうだ。おいらは、おめえに手を嚙まれたんだ」

手首を見ると血が流れ出ている。金太が近くにあった井戸で傷を洗い流していると、竹ぼうきを持った巫女(みこ)がやってきた。

「金太さんじゃないですか。どうしたん……、け、怪我してるじゃありませんか」

「握り飯に嚙まれた」

巫女が境内を見回すと、白い犬が石段の近くに座って、こちらを見ている。

「あの犬は、近ごろよく見かける野良犬……。あの犬に嚙まれたんですか」

「そうだ。笑ってると思ったら、嚙みついた。だから、おいらは握り飯をやったんだ」

巫女は犬に向かって竹ぼうきを振り上げて構える。犬は姿勢を低くして牙を剝いて唸った。

「怒らねえでくれ。金太は巫女が持っていた竹ぼうきを優しく取り上げた。

「怒らねえでくれ。あの犬はおめえさんに何にもしてねえ。笑ってるだろ」

「でも、金太さんの手を嚙んだんでしょ。この前も大川で小さな子が野良犬に嚙まれて、ひどい怪我をしたって……」

金太は巫女に竹ぼうきを手渡すと、犬の方に近づく。その横に天秤棒(てんびんぼう)を置いてあるからだ。金太が側に来ると、犬は唸るのをやめる。

「すまねえ。もう握り飯はねえ。おいらは、この唐茄子と芋(いも)を売る。おめえに買ってもらいてえが、銭(ぜに)は持ってなさそうだしな」

金太は天秤棒を担(かつ)いで歩き出す。しばらく金太の背中を眺(なが)めていた犬だが、しばらくすると、金太の後を追って歩きだした。

聖庵堂(せいあんどう)の医者、お満(まん)は病人の様子を診(み)て聖庵堂に帰る途中だ。病人は大店(おおだな)の隠居(いんきょ)で、お茶や羊羹(ようかん)が出されて引き止められ、あたりは暗くなりかけている。竪川(たてかわ)

から南に延びる六間堀(ろっけんぼり)に架(か)かる北橋(きたばし)の近くには、小さな木立(こだ)ちがある。お満はその木立ちの中に何かを感じ、足を止めて目を凝(こ)らした。

「えっ……。ちょ、ちょっと、う、嘘(うそ)でしょ……」

木立ちの中で、人が首を吊(つ)ろうとしている。その者は乗っていた木箱を倒して木の枝からぶら下がった。お満はそこを目指して走る。首を吊ったのは女のようだ。暗がりで小石につまずいたお満はつんのめって、首を吊っている女の足につかまってしまった。

「ぐ、ぐえ～」

首縊(くく)りの足を引くとはこのことだ。焦(あせ)ったお満は、立ち上がろうとして、本当に足を引っ張ってしまった。

「ぐ、ぐえ～」

「ご、ごめんなさい。ど、どうすればいいの……。そ、そうだ」

お満は手当箱(てあてばこ)の中から鋏(はさみ)を取り出すと、木箱に乗って紐を切る。紐は腰紐のようで簡単に切ることができた。地面に落ちた女は激しく咳(せ)き込む。お満は女の首に絡(から)まった紐を解(ほど)いた。

「な、何をやってるんですか」

「お、お前さんこそ、な、何を、や、やってるん、だ、い。あたしを、た、助けようとしてるのかい。そ、それとも、こ、殺そうとしてるのかい」

「助けようとしたんですけど、ちょっとした手違いがあって……。って、そんなことはどうでもいいんです。ど、どうして首吊りなんかするんですか」

「し、死にたいからに決まってるだろう」

「それなら、あなたは運が悪いです。私は医者です。命を救うのが仕事です」

「ほっといておくれよ。あたしが死ぬのは、あたしの勝手だろう」

「そういうわけにはいきません。ここを通りかかったのも何かの縁です。そうだ。私はお酒が呑(の)みたいんです。ちょっと、付き合ってください。ご馳走(ちそう)します」

「な、なんで、死のうとしてたあたしが、それも見ず知らずのあんたと酒を呑まなきゃならないんだよ」

「そんなことは深く考えなくていいんです。さあ、立ってください」

北橋から酒場三祐(さんゆう)は目と鼻の先だ。三祐に連れ込んで、そこにおけら長屋の人たちがいれば、なんとかなる。

「あたしは酒なんか呑みたくない」

「いいから立ってください」

お満は、その女の手を引いて起こすと、引きずるようにして歩き出した。

松井町にある三祐で呑んでいるのは、万造、松吉、島田鉄斎の三人だ。万造が鉄斎に酒を注いでいると、店に入ってきたのはお満だ。

「女先生じゃねえか。珍しいねえ」

万造は、お満と一緒にいる五十がらみの女に目をやる。

「その汚え婆さんはだれでえ」

女の着物には泥がついていて、髪も着物も乱れている。

「その婆さんが手込めに遭うとは思えねえが……」

「そんな物好きがいるわけねえだろ」

お満は、その女を座敷に押し上げて座らせた。お満に文句を言われると思っていた万松の二人は拍子抜けしたようだ。お満は、その女を見つめる。

「北橋近くの木立ちの中で、首を縊ろうとしてたの。いや、もう縊ってたんだけど……」

万造は恐る恐る尋ねる。

「その、首を縊っていたこの方が、どうしてここにいらっしゃるのでしょうか」

お満は憮然とする。

「首を縊っている紐を切って助けてから、それじゃ、さようなら、お元気でって、別れられると思うの。また、首を縊ろうとするかもしれないじゃないの。ここに連れてくれば、何とかしてくれるだろうって思って連れてきたんじゃないの。だから、何とかしてよね」

万造は呆れる。

「相変わらず、無茶を言ってやがる」

松吉はお栄に目配せをする。お栄は小さく頷くと店から出ていった。松吉は厨に行くと、徳利と猪口を持って戻ってくる。

「まあ、酒でも呑んでくれや。お満先生の奢りだからよ」

お満は苦笑いを浮かべる。

「し、仕方ないわね、二本までよ」

鉄斎は、その女の前に猪口を置いて酒を注いだ。

「下戸だというなら無理には勧めんが、少し呑んで落ち着いたらどうだ。お満さんに見つかったのが運の尽きだったな。とりあえず、今日死ぬのは諦めるんだな。死ぬなんてことはいつでもできる」

女は酒が注がれた猪口を見つめていたが、猪口を持つと酒を呑みほした。

「ほう。呑ける口のようだな」

お満は、空いた猪口に酒を注ぐ。

「そういえば、名前を聞いてませんでしたね。私は満といいます。あなたの名は?」

女はまた酒を呑みほした。

「克といいます」

「お克さんか……」

店に入ってきたのはお栄と、お染だ。松吉は驚く。

「ずいぶん早えな」

こんなときには、お染がいると助かる。松吉はそのために目配せしたのだ。お栄は笑う。

「湯屋の帰りだったみたいで、二ツ目之橋で出くわしたの」

お染は座敷に上がると、お満の隣に座った。

「話は道々、聞いてきたけど、こちらが、その……」

「ええ。お克さんというそうです」

お染は、お栄から猪口を受け取ると、手酌で酒を注いだ。

「お克さん。死んじまおうって気持ちは変わっていないんですか」

お克は小さく頷いた。

「そうですか。それなら冥途の土産ってやつで、その理由を聞かせちゃもらえませんか。みっともないことだっていいじゃありませんか。どうせ死んじまうんでしょう」

絶妙の頃合いで、万造がお克に酒を注ぐ。しかも、猪口ではなく湯飲み茶碗だ。お克が酒好きだと見極めたからだ。

「まあ、呑ってくれよ。二日酔いになろうが、反吐を吐こうが、どうってこたあねえでしょう。どうせ死ぬんだからよ」

お克は湯飲み茶碗の酒を呑みほした。

「大川の河原で、子供が野良犬に嚙まれて殺されかけたって話は知ってるかい」

松吉は思い出したように――。

「ああ。確か北本所番場町にある油問屋のガキだったかな」

お克は、空になった湯飲み茶碗を万造に差し出した。

「そうさ。あたしがその子供の子守役だったのさ。酒をくれるかい」

万造が酒をなみなみと注いだ。

「旦那様は慶太郎坊ちゃまのことを目の中に入れても痛くないほどに可愛がっていてね。あたしが大川の河原で坊ちゃまを遊ばせているときに、犬に襲われたのさ。旦那様に言われたよ。お前なんて嚙み殺されればよかったんだって。命懸けで坊ちゃまを守るのが、お前の役目だろうって。それで暇を出されたってわけさ。ひっく……」

お克は、湯飲み茶碗まで口を運んで酒を呑んだ。

「いきなり犬が飛び出してきたんだから、こんな婆には、どうしようもないだろう。助けを呼ぶのが精一杯さ」

お染は頷く。

「それにしても、お前なんて嚙み殺されればっていうのはひどいねえ。首を縊ろうとしたのは、お店から暇を出されたからなのかい」

お克はうなだれる。

「あたしは、元は通いの女中だったんだ。長屋で亭主と倅と三人で暮らしてたのさ。亭主が死んで、倅が所帯を持ったときに、黄金屋の先代が、死ぬまでここで暮らせばいいって言ってくれたんだよ。それで黄金屋さんに住み込みで働くことになった。先代の旦那が生きてりゃ、なんとかなったかもしれないけどね。出てけって言われても、どこに行けばいいんだい」

「倅さんがいるんだろう」

「行ったさ。四畳半の座敷に親子四人で暮らしてるところに行ったところで、迷惑がられるだけさ。嫁はあからさまに嫌な表情をしてたよ。この歳になって、雇ってくれるところなんかない。住むところもない。金もない。ないないづくしでどうしようかねえ。答えはすぐに出るさ。死ぬしかないだろうよ」

お克は湯飲み茶碗に残った酒を呑みほした。

「どっちみち、そのうち死ぬんだ。そのう〜ち〜、死ぬんだよ〜」

お克は言葉に節(ふし)をつけだした。

「ああ、こりゃ、こりゃ、ちょいちょいっと〜。ほら、あんたたち。手拍子でもしたらどうなんだい」

一同は仕方なく手拍子をはじめる。万造はお満の耳元で――。

「この婆さん、本当に首を縊ろうとしてたんだろうな」

「本当よ。私が通りかからなかったら間違いなく死んでたわ」

「それにしちゃ、やけに陽気じゃねえか」

「そんなこと、私に言ったって知らないわよ」

お克は歌をやめた。

「そこの二人。手拍子はどうした。手拍子は〜、どうしたの〜、ああ、こりゃ、こりゃ」

お克は立ち上がると、踊りだした。

「西に見えるは富士の山〜。ああ、こりゃ、こりゃ〜」

お克は着物を捲り上げて、裾を帯に挟み込んだ。赤い腰巻の間から太腿が見え隠れする。万造と松吉は目を覆った。

「勘弁してくれよ。乙な年増ならともかく、こんな婆のなんざ、見たかねえや」

「この婆が、今ごろ三途の川を渡っていたとは思えねえ」

お克は酒を呑んでは歌い、酒を呑んでは踊り、とうとう倒れて寝込んでしまった。

一同はイビキをかくお克を見つめる。

「どうするんでえ、この婆……」

「外に放りだしておくしかねえだろ」

お栄は松吉の頭をお盆で叩く。

「うちの前はやめて。放りだすなら、せめて、隣の駄菓子屋の前にしてよ」

お染は呆れ顔だ。

「冗談言ってる場合じゃないよ。とりあえず、おけら長屋に連れていくしかないねえ……」

お満は頭を下げる。

「申し訳ありません。面倒なことを持ち込んでしまって」

「何言ってるのさ。お満先生は人助けをしたんじゃないか。あとはおけら長屋で引き取らせてもらうよ。そんなわけで、旦那、とりあえず、私の家に……」

鉄斎は立ち上がる。

「私の背中に乗せてくれるかな」

お栄が万造と松吉の背中を叩く。

「ほら。なに、ぼけっとしてんのよ。お克さんを抱き起こして、島田さんの背中に……。あんたたちに負んぶはできないでしょ。せめてそれくらい手伝いなさいよ」

万造と松吉は、大きな溜息をついた。

二

翌日――。

お染の家で目を覚ましたお克は、起き上がってあたりを見回す。

「極楽じゃありませんよ。こんな狭くて汚い極楽っていうのもないでしょうけどね」

お克は、お染の顔をまじまじと見た。

「あ、あんたは……」

お染は覚えたての歌を口ずさんだ。

「西に見えるは富士の山〜。ああ、こりゃ、こりゃ〜」

お克は昨日の三祐での出来事を思い出したようだ。

「そ、それで、あたしは……」

「寝込んじまったから、あたしの家まで運んだんですよ。ここまで運ぶのは大変だったんですからね。首縊りはしばらく先延ばしにしてくださいよ」

お克はきょとんとしている。

「お克さんの身の振り方はこれから考えますから、しばらくこの長屋で暮らしてください。いいですね。あれだけ酒を呑んで、歌って、踊って、また死のうだなんて、道理が通りませんから」

お克には返す言葉がない。

「とりあえず、井戸で顔でも洗ってきてくださいな」

お染は、お克に手拭いを渡した。

お克が井戸で顔を洗い、手拭いを濯いでいると、二軒目の引き戸が開いて男が出てきた。その男は、お克に近づいてくる。

「ここは井戸だぞ。お婆さんの洗濯は川でするんじゃねえのか」

お克には、この男が何を言っているのかわからない。

「おいらは知ってるんだぞ。お婆さんは川で洗濯をして、お爺さんは山に稲刈りに行くんだ。おめえはだれだ」

「だれだって言われても……」

開いたままになっている引き戸の中から、白い犬が出てきた。お克の頭には、慶太郎が嚙まれたときのことが蘇る。

「うわぁ～。だ、だれか、た、助けて～」

その声に驚いて、お染が飛び出してきた。

「ど、どうしたんですか」

「そ、そ、その犬が……」

犬は金太の横にちょこんと座っている。

「ぼ、坊ちゃまを嚙んだ犬だよ……」

お染の表情は強張る。

「き、金太さん。その犬はどうしたの……」

「知らねえ。朝起きたら、布団の中に入ってた。もしかしたら女郎犬かもしれねえ。おいらは払う金がねえぞ」

金太はボリボリと、身体のあちこちを搔いた。目を擦りながら出てきたのは万造。欠伸をしながら出てきたのは松吉だ。

「朝っぱらから、うるせえなあ」

「何を騒いでいやがるんでえ」

お染は万造と松吉に――。

「こっちに来るんじゃないよ。野良犬だ。黄金屋の子供を嚙んだ犬らしい。ゆっくり後ろに下がって、家の中に入るんだ。下手に動くと嚙みつかれるよ」

万造と松吉の身体は固まる。

「そ、そんなことを言ったってよ」

「こっちを見て、唸ってるじゃねえか」

万造は犬に向かって――。

「ま、まず、おめえの横に立ってる男に嚙みつけ。嚙みついたら放すんじゃねえぞ。その隙に、おれたちは逃げるからよ」

金太は脇腹を搔きながら、歩き出す。

「金太。動くんじゃねえ」

金太が自分の家に入ると、犬もその後を追って家の中に入った。そして、引き戸が閉まる。

「大丈夫かよ。嚙み殺されやしねえだろうな」

「でも、金太さんには唸っていなかったようだよ」

お染は不安げだ。

「逆だよ。金太が犬を嚙み殺すんじゃねえかと思ってよ」

松吉は万造の頭を叩く。

「痛えな、松ちゃん。洒落じゃねえか。お克さんよ。あの犬が黄金屋のガキを嚙んだってえのは、間違えねえんだろうな」

お克は、腰を抜かしたまま震えている。

「はっきりとは覚えちゃいないが、真っ白で、大きさも確か……」

松吉は腕を組む。

「まあ、無理もねえやな。そんなことより、どうして、犬が金太のところにいるんでえ」

万造も腕を組む。

「犬を家来にするのは桃太郎じゃなかったか。あいつは金太郎だぞ」

お克が震えながら——。

「そう言えば、あの男が〝お婆さんは川で洗濯をして、お爺さんは山に稲刈りに行く〟とか言ってたよ」

「柴刈りじゃなくて、稲刈りってか」

万造と松吉とお染の三人は笑った。

「何がおかしいんだよ。本当に稲刈りって言ったんだから。とにかく、あの男の家を調べた方がいい。もしかしたら、中に猿とキジがいるかもしれないよ」

また、三人は笑った。万造は手を引いて、お克を起こした。

「いいかい。お克さん。こんなおれたちだって、ちゃんと生きてるんだぜ。あんたも考えを改めたらどうでえ」

松吉は、お克の着物についた土を払ってやる。

「万ちゃんの言う通りでえ。しばらくこの長屋で暮らしてりゃ、死ぬのが馬鹿馬鹿しくなるってもんだ。なあ、お染さん」

お染はにっこり笑う。

「そうだねえ。そうおしよ、お克さん」

そして、三人はまた笑った。

犬は金太の棒手振り稼業に、ついて歩くようになった。そして、おけら長屋の住人たちに唸り声をあげることもなくなり、それどころか亀吉の遊び相手にもなっているようだ。

万造は犬に話しかける。

「おう、銀ちゃん。金太の野郎はまだ寝てるのかい」

松吉はあたりを見回す。

「だれでえ。その銀ちゃんってえのは」

「この犬の名前でえ。金太の相棒だから〝金と銀〟で、銀太よ」

銀太はまんざらでもなさそうに、自分の鼻の頭をペロリと舐めた。

「うめえこと考えやがったな。銀太か。おう、銀太。早えところ、金太を起こしてきな」

そこにやってきたのは佐平の女房、お咲だ。

「へえ～。銀太って名前になったのかい。それじゃあ、銀太。よく聞くんだよ。こっちが金太さんの握り飯。そんでもって、こっちが銀太の握り飯だよ。お前さんは梅干しは苦手なんだろう。間違えるんじゃないよ。いいね」

「銀太に頼んでおけば間違えねえや」

万松の二人は大笑いした。

その日、金太は大川の河原に腰を下ろし、握り飯を頬張っていた。銀太もその横で行儀よく握り飯を食べている。

「おめえの名は、銀太っていうのか。みんながそう呼んでたぞ。おめえはおいらの名を知ってるか。おいらの名は梅干しだ」

銀太は耳だけを動かして、握り飯を食べている。金太は握り飯を食べ終えると、両手を伸ばして草むらに寝転んだ。青い空に真っ白い雲が流れていく。知らぬ間に金太は眠ってしまったようだ。どれくらい眠っていたかはわからないが、金太は数人の声で目を覚ました。上半身を起こして声がする方を見ると、銀太が五、六人の男に囲まれていた。

「この犬かもしれねえ。白いし、大きさもこのくれえだ」

「ああ。坊ちゃんが襲われたのも、この近くの河原だ。いいか。逃がすんじゃねえぞ」

男たちは手に棒切れを持ち、その中の二人は先から輪になった縄が出ている長い竹を手にしていた。竹の中に縄が通してあり、首に引っ掛けて手元の縄を引っ張ると、首を絞められるようになっているのだ。銀太は身体を低くして牙を剝く。

「この犬をつかまえて、ぶち殺せば、旦那が酒手を弾んでくれるはずでえ。しくじるんじゃねえぞ」

男たちは銀太ににじり寄る。

「いいか。こっちから棒で追い込むから、縄を首にかけるんだ」

金太は立ち上がると、男たちの輪の方に近づく。

「なんだ、銀太。おめえ、遊んでもらってるのか。おいらも入れてくれ」

男の一人が振り返る。

「危ねえから、引っ込んでな」

男が銀太をめがけて棒を振り下ろす。銀太は後ろに飛び退いた。今度は左右から棒が飛んでくる。そのひとつが銀太の背中に当たった。銀太はかん高い鳴き声を出す。その機会を狙っていた男が、銀太の首に縄をかけた。

「よし。引っ張れ。絞め殺すんだ」

銀太は身動きがとれなくなる。金太は銀太に駆け寄った。

「おめえたち、遊んでるんじゃねえな。銀太を苛めてるんだな」

金太は、銀太を棒で叩いた男に体当たりを食らわす。男は二間（約三・六メートル）ほどすっ飛んだ。

「な、何をしやがる」

金太は銀太の首に巻きついた縄に指を入れて、緩めようとする。

「てめえ。余計なことをするんじゃねえ」

一人の男が棒で金太の頭を叩いた。金太は銀太が首を絞められないように、縄の中に両手の指を入れて引っ張っているので、手で防ぐことができない。

「やめろ。やめてくれ。銀太はおいらの相棒だ。相棒っていうのは友だちだぞ。おいらの友だちを苛めるのはやめてくれ」

男たちは棒で銀太を叩こうとする。金太は銀太の首から縄を外して、銀太に覆いかぶさった。

「やめろ。やめてくれ。銀太はおいらの友だちだ」

男たちは酒も入っているらしく、手加減をする様子はない。金太の体当たりを食らった男が立ち上がる。

「ふざけやがって。それなら、てめえも一緒にぶち殺してやらあ」

男は、仕返しとばかりに金太の背中や頭を滅多打ちにする。他の男がその男を羽交い絞めにする。

「よせ。人に怪我をさせちゃまずい」

男はその手を振り解く。

「うるせえ。先におれのことを突き飛ばしたのは、この野郎だ。やい、犬から離れろ。聞こえねえのか」

男は金太の背中を蹴り、棒で滅多打ちにする。だが、金太は動かない。

「おーい、おめえたち、何してやがる」

「まずい。だれか来やがる。行くぞ」

男たちは足早にその場から去った。声をかけた男が近づいてくる。

「どうしたんでえ。あいつらに袋叩きにされたのか。お、おい。頭から血が出てるじゃねえか。だ、大丈夫かよ……。こ、この半纏は……。お、おめえ。八百金じゃねえか。いってえ何があったんでえ」

通りかかった男は大工の寅吉だった。

「やめろ。やめてくれ。銀太はおいらの友だちだ」

「金太。おれがだれかわかるか。大工の寅吉だ。いつも万松の二人にひでえ目に遭わされている寅吉だ。子だくさんって馬鹿にされてる寅吉だ。もう心配ねえからな」

金太はゆっくりと顔を上げた。

「な、なんでえ。おめえの下には犬がいたのかよ」

金太は寅吉の顔を見て微笑むと、そのまま気を失った。金太は銀太を守り抜いた。

万造と松吉が三祐の暖簾を潜ると、すでに奥の座敷では鉄斎が呑んでいる。

「旦那。早えじゃねえですか」

「て、大変でえ」

二人が座敷に上がろうとしたところに、飛び込んできたのは寅吉だ。

「な、なんでえ。三つ子が産まれて、ガキが十人になったのか」

「三つ子ってえと、三を足すから十二人じゃねえのか」

「冗談を言ってる場合じゃねえ。八百金が大怪我をした」

「金太が大怪我だと〜」

「どういうことでえ」

お栄が水を持ってきて、寅吉に飲ませた。

「おれが仕事帰りに大川の河原を歩いてたら、五、六人の奴らが一人の男を袋叩きにしてやがる。しかも素手じゃねえ、棒を持ってよ。おれの姿を見ると一目散に逃げていきやがった。近くに行ってみると、やられていたのは八百金じゃねえか。血だらけだったぜ。金太の下には白い犬がいた。もしかしたら、犬を庇ってやられたのかもしれねえ」

万造は寅吉の半纏の襟を鷲づかみにする。

「だ、だれにやられたんでえ」

「く、苦しい……」

万造は手を緩めた。

「わ、わからねえ。だれがやったかより、今は八百金だろ。近くの知り合いに声をかけて、金太を大八車に乗せて聖庵堂に運んだ」

松吉は寅吉の肩を叩いた。

「おめえにしちゃ、上出来だぜ。お栄ちゃん。寅吉に一本つけてやってくれ。お代は寅吉が払うからよ。行くぜ、万ちゃん」

万造と松吉は飛び出していく。鉄斎も、その後を追って店を出た。

万造と松吉は聖庵堂の土間に転がり込んだ。万造は奥に向かって怒鳴る。

「き、金太はどうなってるんでえ」

廊下から顔を見せたのは聖庵だ。

「だれかと思ったら馬鹿どもか。静かにしろ。ここをどこだと思っている」

松吉は雪駄(せった)を放るように脱(ぬ)ぎ捨てると廊下に上がった。

「どこだと思ってるって、女郎屋なわけがねえだろ。金太はどこにいるんでえ」

「奥の離れだ。走るんじゃないぞ。すり足で行け」

万造と松吉が離れの襖(ふすま)を開けると、寝かされた金太の枕元に座っているのは、お満と銀太だ。目を閉じている金太の頭は包帯で包(くる)まれている。

「女先生。金太は……。まさか、死んでるんじゃねえだろな」

「そ、そんなことがあるわけねえだろ。金太は不死身(ふじみ)だ」

お満は金太の顔を見つめながら——。

「普通の人だったら死んでたかもしれないよ。頭や背中を棒のようなもので、何度も叩かれている。聖庵先生の診立てによると、命に別状はないけど、背骨が心配だって。頭は切れただけで大丈夫。たぶん叩かれた棒よりも、金太さんの頭の方が硬かったんじゃないかって」

万造と松吉は安堵したのか、大きく息を吐き出した。

「だけど、大怪我には違いないのよ。骨が折れていなければ、二、三日すれば起き上がれるようになると思うけど。ところで……」

お満は銀太に目をやった。

「どうしたのよ、この犬は。外に出そうとしたけど、梃子でも動かない、ってやつよ」

万造は銀太の顔を見る。

「こいつは金太の相棒で、銀太ってんだ。金太の野郎、こいつを庇って大怪我しやがったんだ。銀太はそのことをよくわかっていやがるんでえ。大目にみてやってくれや。お、おい。銀太。どうしたんでえ、この背中は……」

銀太の背中は腫れあがって、血が滲んでいた。

「お満先生よ。金太に塗った薬を、銀太にも塗ってやってくれ。頼むぜ」

「手当てしようとしたのに、唸って触らせてくれないのよ。万造さんからも言って聞かせてよ」

「銀太。痛えだろ、おめえも金太みてえに怪我してるんだ。この人は悪い人じゃねえ。金太を治してくれるのを見ていただろう」

銀太は万造を見上げると、首を傾げた。

「な、わかるだろ。大丈夫だ。おめえも金太と同じ薬を塗ってもらえ。いいな」

万造の声に銀太は安心したようだ。万造の足元に伏せをした。

「へえ、すごい。この犬、万造さんの言葉をわかってるわよ」

万造は、お満に目配せをする。お満は手拭いを湿らせると、恐る恐る銀太の背中を拭った。銀太は少し唸ったが、大きく息を吐くと、じっとしている。お満は背中に薬を塗る。

「……まあ、えらいわ。我慢してるわよ」

松吉が自慢げに鼻を鳴らす。

「こいつは賢いんでえ。亀吉の遊び相手だってできる。金太のことも、こいつのほうが世話してるくれえだぜ」

金太はうなされているようだ。

「や、やめてくれ……。ぎ、銀太は、お、おいらの、とも、とも、友だちだ……」

松吉は銀太の頭を撫でた。

「銀太。いってえ何があったんでえ。教えてくれよ。おめえは知ってるんだろう」

気がつくと、万松の後ろには鉄斎が座っている。

「とりあえず、私たちがここにいても仕方ない。引き上げることにしたらどうだ。お満先生。後で金太さんの着替えを届けてもらうので、よろしく頼みます」

お満は頷いた。

三

翌日の夕暮れどき――。

三祐で呑んでいるのは、万造、松吉、八五郎（はちごろう）の三人だ。三人の口数は少ない。八五郎はゆっくりと猪口を置いた。

「金太の具合はどうなんでえ。万造。お満先生から聞いてねえのか」

万造は八五郎の猪口に酒を注ぐ。

「まともな野郎なら、痛（いて）え、痛えと大騒ぎするところだが、金太は起き上がって帰（けえ）ろうとするらしい。金太が起き上がろうとすると、銀太が吠（ほ）えて教えてくれるそうでえ。その度に、お律さんがすっ飛んでいって、金太を寝かすそうだ」

「銀太も役に立ってるってことかい」

松吉は溜息をつく。

「あの馬鹿野郎、てめえが大怪我をしたって、わかってねえのかもしれねえなあ」

縄暖簾を左右に分けるようにして入ってきたのは、辰次と久蔵だ。二人は座敷に上がって腰を下ろす。

「久ちゃんと調べやしたが、だいたいのあらましがわかりましたぜ」

万造、松吉、八五郎の三人はおとなしく辰次の言葉を待つ。

「お克さんの一件があったでしょう。ほら、黄金屋の子供が犬に嚙まれたって。黄金屋の旦那はその子供を目の中にいれても痛くねえほどに可愛がっていた。旦那としちゃあ、憎いのは野犬だ。旦那は地場の鳶の頭に野犬狩りを頼んだそうでさあ。野犬を捕まえたら酒手を弾むとか言ってね」

松吉は自分の顎を摩る。

「なんとなく見えてきたぜ。寅吉から聞いた話とつなぎあわせると、こんなことじゃねえのかな。金太と銀太が大川の河原にいたところに、その野犬狩りの連中と出くわした」

久蔵も話したくて仕方ないようだ。

「私が聞いたところでは、表町（おもてちょう）にある松葉組という鳶だそうです。黄金屋の子供を嚙んだのは白い犬だったんです。銀太も白い犬です。きっと松葉組の鳶たちは、黄金屋の子供を襲ったのは銀太だと思ったんですよ。あの連中は無頼漢（ぶらいかん）で、昼間っから酒を呑んでは喧嘩（けんか）をしたり、若い娘をからかったりしてるそうです」

松吉は話をつなげる。

「奴らは銀太を捕まえて殺そうとした。もちろん、金太は助けに入らあ。金太は、銀太を守ろうとして銀太に覆いかぶさった。やつらは、その金太を棒で滅多打ちにしやがったんでえ。寅吉は、金太の下に白い犬がいたと言ってたし。金太は背中と頭だけに怪我をしてるのが、その証（あかし）でえ」

八五郎は手にしていた猪口を叩きつけた。

「許せねえ。このままじゃ、おけら長屋は本所の笑いもんでえ。金太にも合わせる顔がねえ。松葉組に殴（なぐ）りこんで、金太の仇をとってやろうじゃねえか。おう。万松のお二人さんよ。どうするんでえ」

万造は涼しい表情をして——。

「勘弁してくれよ……。と、言いてえところだが、今度ばかりは引けねえな。やってやろうじゃねえか。なあ、松ちゃん」

「もちのろんでえ。おけら長屋の面目なんざどうだっていい。おれは、そいつらが許せねえだけだ。寄ってたかって金太をいたぶりやがって」

「よく言ってくれたぜ。佐平や喜四郎だって同じ気持ちに違えねえ」

辰次が前に乗り出した。

「あっしだってやりますぜ。仲間外れはなしですよ」

久蔵も続く。

「私だって、おけら長屋の住人です」

八五郎は笑う。

「久蔵はやめとけ。おめえにもしものことがあったら亀吉はどうなるんでえ。今度のことは遊びじゃねえ。命のやりとりになるかもしれねえんだ。だが、嬉しいぜ。その心意気だけは受け止めておくぜ」

松吉は、お栄に酒を頼んだ。

「さてと。どうするかだな。正面切って殴り込むか、それとも……」

人の気配がしたので万造が振り返ると、そこに立っているのは栄太郎と半次だ。栄太郎は万造の幼馴染みで、万造とは会えば必ず取っ組み合いになる犬猿の仲だ。半次はこの界隈で「早呑み込みの半の字」「わかったの半公」という異名を持つお調子者だ。万造は不味そうに酒を呑んだ。

「なんでえ。栄太郎じゃねえか。すまねえが、おめえと喧嘩してる場合じゃねえんだ。帰ってくんな」

栄太郎は座敷に上がると、万造の向かいに座った。

「聞いたぜ。八百金のことはよ」

「早耳じゃねえか」

「おれの知り合いに松葉組に関わってる者がいてよ。八百金を滅多打ちにした野郎の名前も割れてら。駒吉って奴でえ。奴ら、手向かいもしねえ八百金のことを袋叩きにしたそうじゃねえか。許せねえ。おけら長屋の連中がこのまま黙ってるわけがねえと踏んで、やってきたのよ。おれと半次も、ひと口乗せてもらうぜ」

八五郎が静かな口調で――。

「栄太郎よ……」

「わかってらぁ。八五郎さんよ、おけら長屋のことに口を出すなってんでしょう。だけどよ、松葉組にゃ、荒くれ者が十五、六人はいるぜ。おけら長屋だけじゃ人数が足りねえ」

半次も座敷に座った。

「八五郎さん。これは、おけら長屋だからって話じゃねえでしょう。男としての話じゃねえんですかい。おれたちだって、そいつらが許せねえんですよ」

八五郎は鼻を啜った。

「嬉しいことを言ってくれるじゃねえか。わかった。おう、万松のお二人さん。異存はねえな」

万造と松吉は大きく頷く。お栄が酒と猪口を運んできた。

「それじゃ、固めの杯といこうじゃねえか。おめえたちの命は、この八五郎が預からせてもらうぜ」

松吉が囁く。

「てめえが大将になったつもりでいやがる。まったく、いい気なもんだぜ」

一同は、猪口に注いだ酒を一気にあおった。

黄金屋の主、忠左衛門は、慶太郎の枕元に座っていた。

数刻前、慶太郎は意識を取り戻した。傷を痛がるものの、目はちゃんと見えるし、腕も動く。

「……おとっつぁん。お克婆やは？　それにお晴姉ちゃんは……」

弱々しい声で話す慶太郎に、忠左衛門は優しく語りかける。

「お前は何も心配しなくていいんだよ。もう少し眠っていなさい」

忠左衛門は帳場に戻ると、番頭の東助の前で、頭を抱えた。

「番頭さん。この黄金屋は呪われているのかもしれません。慶太郎に続いてお晴まで……」

東助は忠左衛門ににじり寄る。

「それで、投げ文には何と……」

「奉行所に知らせたら、お晴の命はない。手込めにした上に身体を切り刻んで海に捨てる。だが、こちらの言う通りにすれば、お晴には指一本触れずに返すと書いてある」

「な、なんと……。お晴お嬢様が人さらいに……」

東助は絶句する。

十五歳になる忠左衛門の娘、お晴の行方がわからない。昨日の夕方、近所の団子屋に行くといって家を出たきり帰らないのだ。お晴の友だちの家など、お晴の行きそうなところを訪ねたが、お晴はどこにもいない。夜が明けて、奉行所に届けようと支度をしていた矢先、投げ文があり、東助が忠左衛門に手渡したのだ。

「番頭さん。この文のことはだれにも言っていませんね」

「もちろんでございます」

「このことが知られたら、お晴は殺されます。相手は用心深い。これから、取り引きに関することは、松葉組の頭を使うと書いてあります。私たちが大騒ぎをして、まわりの者たちに勘づかれないようにするためでしょう」

「旦那様。松葉組の頭がおいでになりました」

「すぐ、ここにお通ししなさい」

やってきた頭の長蔵（ちょうぞう）の表情（かお）はいつもとは違う。長蔵は懐（ふところ）から畳（たた）んである紙切れを取り出した。

「今朝（けさ）、あっしのところに投げ文がありやして……」

「頭のところにもありましたか」

「大変（てえへん）なことになりやしたね」

「それで、頭のところには何と……」

「とりあえず、黄金屋の主に二百両を用意させろ。受け渡しの手立ては追って伝えると」

忠左衛門は頭を抱える。

「頭。私はどうしたらよいのですか」

長蔵は優しい口調になる。

「旦那。気をしっかり持ってくだせえよ。ってえのも無理な話だ。こんなときは身内より、あっしみてえな者（もん）の方が落ち着いて考（かんげ）えられるもんでさあ。第一に考えねえといけねえのは、お晴ちゃんを無事に取り戻すってことでさあ」

長蔵はあたりを見回す。

「これだけの身代だ。二百両なんて金は商えでいくらでも取り戻せる。ですがね、旦那。お晴ちゃんの命は一つしかねえんですよ」

番頭の東助は頷く。

「頭のおっしゃる通りですよ。二百両は私が用意いたします」

「金を渡せば、お晴は無事に戻ってくるのでしょうか」

長蔵は唸る。

「そいつはわからねえ。ですがね、旦那。断れば間違えなく、お晴ちゃんは殺される。追って、下手人からのつなぎがあるはずでさあ。お晴ちゃんの無事を見定めてからじゃねえと、金は渡せねえと強気に出てえところだが、駒を持ってるのは向こうだ。ここは、向こうの言葉を信じるしかねえ。お晴ちゃんの命がかかってるんですから」

忠左衛門も覚悟を決めたようだ。

「わかりました。すべて、頭にお任せいたします」

「できる限りのことはやってみますから。それから、番頭さん。店の者たちには、お晴ちゃんは親戚の家に行ったたってことにしといてくだせえ。奉公人たちが騒ぎだして、奉行所にでも知れたら、お晴ちゃんの命が危なくなる。それから、二百両も頼みましたぜ」

忠左衛門は紙入れから小判を三枚取り出すと、長蔵に握らせる。

「何かで小金が要ることもあるでしょう。これを使ってください」

「それじゃ、これはお預かりさせていただきやす」

長蔵は金を懐にしまうと立ち上がった。

金太の敵討ちを企む、おけら長屋の連中と助っ人たちは、大川の河原で松葉組の鳶たちを待ち受けることにした。久蔵の調べによると、松葉組の連中は野犬狩りの帰りに、大川の東側の河原を通ることがわかっていたからだ。固めの杯を交わしたとはいえ、それぞれに仕事があり、常に一同が揃うとは限らない。この日、大川の河原で松葉組の連中を待ち受けるのは、万造、松吉、八五郎、栄太郎、半次の五人だ。

草むらに座った栄太郎は手持ち無沙汰のようで、近くにある草を千切っては投げる。

「今日も待ちぼうけかよ。おれは万松の二人とは違って、そうそう仕事をさぼっちゃいられねえ。仕事場じゃ頼りにされてるからよ」

万造は鼻で笑う。

「栄太郎さんよ。帰(けえ)りたけりゃ、帰ってもいいんだぜ。じつのところは、怖気(おじけ)づいたんじゃねえのか」

「冗談じゃねえ。怖気づいてるのは、てめえの方じゃねえのか」

「なんだと、この野郎」

八五郎が間に入る。

「よせよせ。仲間うちで喧嘩をしてる場合じゃねえだろう」

大川の下手(しもて)の草むらに隠れていた辰次が、身をかがめながら走ってくる。

「き、来ましたよ。六人です。朱色の下卑(げび)た半纏を羽織(はお)っているのが駒吉です」

八五郎は指の骨を鳴らす。

「朱色の半纏の野郎だな。よーし。段取りはわかってるな」

松吉が囁く。

「段取りを考えたのはおれじゃねえか。何度教えても覚えられなかったくせによ」

松葉組の鳶たちは、それぞれが棒切れや、縄のついた長い竹を手にして歩いてくる。手拭いで頬っ被りをした八五郎は、その行く手を阻むように、仁王立ちになった。鳶たちが近づいてくる。

「何だ、てめえは」

「邪魔だ。どきやがれ」

八五郎は不敵な笑みを浮かべる。

「ここは、おめえさんたちの道かい。おれの方が先に立ってるんでえ。おめえさんたちが、よけて通りゃいいじゃねえか」

「なんだと、この野郎……」

相手は肝が据わった八五郎の様子を見て——。

「て、てめえ、何者だ。正面切って、おれたちに喧嘩をふっかけてくるなんざ、並みの野郎じゃねえな」

八五郎は笑う。

「おいおい。おめえさんたちはそんなに強えのかい。なのによ、たった一人の男に大勢で殴る蹴るってえのは情けねえなあ。それも棒切れ持ってよ」

松葉組の連中の頭には、犬を守った男を袋叩きにしたときのことが浮かんだようだ。

「てめえは、あのときの男の……」

「さあ、そんな男は知らねえなあ。ただよ、男として許せねえだけでえ」

「いい度胸じゃねえか。一人でのこのこやってくるなんざよ」

「それが、そうでもねえんだよな」

万松たち五人は、鳶たちの背後に回っているが、気づかれてはいない。

「どういうことでえ」

「後ろを見てみな」

鳶たちは振り返る。

「うっ……」

万松たちは、鳶連中の顔めがけて唐辛子(とうがらし)の粉をぶちまける。

「うわっ」

唐辛子の粉は目に入ったようで、連中は目を開くことができない。

「よし。縛りあげろ。狙いは駒吉だ」

鳶の連中は目を開くことができずに、のたうち回っている。万造、松吉、八五郎、辰次、栄太郎、半次の六人は、鳶たちの手足を縛りあげると、寝転がって身悶えている駒吉を取り囲んだ。万造は駒吉を見下ろしながら——。

「それじゃ、一人ずつ披露してもらおうじゃねえか。まずは……」

松吉は栄太郎を指差した。松葉組の連中に名前を聞かれたくないからだ。栄太郎は懐から徳利を取り出してニンマリする。

「墨汁でえ。真っ黒けにしてやらあ」

栄太郎は徳利に入っている墨汁を駒吉の顔にかけた。

「次は……」

松吉は半次を指差す。半次も懐から徳利を取り出してニンマリする。

「なんでえ、おめえも徳利かよ」

「ふふふ。おれは墨汁じゃねえ。行灯の油よ。こいつぁ、洗ってもなかなか落ちねえぜ」

半次は行灯の油を駒吉の身体中にまんべんなく垂らした。

「お次は……」

松吉は辰次を指差す。辰次は懐から茶筒を取り出した。

「おっ。乙なもんを持ってきたじゃねえか。何が入ってるんでえ」

「へい。昨日売った魚のハラワタが。気をつけてくだせえよ。半端じゃねえ臭いがしますんで……」

「お、おめえ、見かけによらず、洒落たもんを持ってきやがるな」

辰次は腐った魚のハラワタをぶちまけた。万造は反吐を吐きそうになる――。

「う、う、うげえ～。つ、次は……」

万造は八五郎を指差す。八五郎は懐に手をあてる。

「お、おれはいいや。次に進んでくれ」

「なんでだよ。何を持ってきたんでえ。早くしろや。こいつらの目が見えねえうちに、ずらからなきゃならねえんだからよ」

八五郎は懐から徳利を取り出した。

「何が入ってるんでえ」

八五郎は蚊が鳴くような声で――。

「み、水でえ」

「な、なんだと〜。趣向を凝らしたもんを持ってこいって言ったじゃねえか」

「思いつかなかったもんでよ……」

「もういい。松ちゃんとおれは一緒だからよ。松ちゃん頼むぜ」

松吉は懐から紙にくるまれた包みを取り出した。松吉は息を止めると、その紙を開く。

「この敵討ちは金だけじゃねえ。銀の敵討ちでもあらあ。そんなわけで、犬の糞だ。残念なことに硬くなっちまったなあ。拾ったときはホカホカだったのによ」

松吉は犬の糞を駒吉の懐に入れて、上から優しく踏みつけた。

「いいか。てめえら。これは天罰だ。そんなわけで……。逃げろ〜」

一同は疾風のごとく走り去った。

四

松葉組の長蔵が黄金屋にやってきた。

「旦那。黙ってあっしに二百両をお預けくだせえ。二百両の金が用意できたら、松葉組の玄関に赤い布を結ぶことになりやした。下手人たちはそれを見定めてから、取り引きの段取りを伝えてくるそうで」

忠左衛門は小刻みに何度も頷く。

「わかりました。二百両はいつでもお渡しできるよう、東助に用意させています。二百両の金などは惜しくありません。お晴が無事に帰ってくるなら、もう何も望むことはありません。どうかよろしくお願いいたします」

忠左衛門は深々と頭を下げた。

「それから……」

長蔵は懐から紙を取り出して広げた。

「奴らは、二百両を受け取ったら、お晴ちゃんは間違えなく、指一本触れずに返すと書いてきています。もし、お晴ちゃんを返した後に奉行所に届けるようなことがあれば、何度でも、お晴ちゃんをつけ狙って、必ず殺すと……。奴らも危ない橋を何度も渡りたくねえんでしょう。これ一回こっきりってことですよ。ですから、旦那も腹を括ってくだせえ。お晴ちゃんは必ず取り返してみせやすから」

長蔵は力強く立ち上がった。

骨には障り（さわ）がないことがわかった金太は、おけら長屋に戻ってきた。もちろん、銀太も一緒だ。万造は金太を諭す（さと）。

「いいか、金太。しばらく棒手振りは休め」

「なんでだ。おいらは唐茄子を売る」

「せめて、頭に巻いてる包帯がとれてからにしろ。わかったな」

「なんでだ。おいらは唐茄子を食う」

「あのなあ、おめえが商え（あきね）に出て、おめえを袋叩きにした連中に出くわしたら厄介（やっけえ）なことになるんでえ。だから休め」

「なんでだ。おいらは唐茄子になる」

そんなことが金太に通じるはずもなく、万造と松吉は、金太の商売道具を取りあげた。

おけら長屋で暮らしていたお克は、大川の河原に腰を下ろして川面（かわも）を見つめていた。

あのとき、お満が通りかからなければ、自分はここにいない。自分は本当に死ぬつもりだった。間違いなく死ぬつもりだった。今は……。正直言って、死のうという気はなくなった。お染の言った通り、おけら長屋で暮らす人たちを見ていたら死ぬのが馬鹿馬鹿しく思えてきたからだ。万造と松吉は、いつも呑んだくれていて、いつ仕事をしているのかわからない。八五郎は抱き上げた亀吉に泣かれて、みんなから責め立てられている。喜四郎とお奈津が起こした夫婦喧嘩の仲裁（ちゅうさい）に入った大家（おおや）の徳兵衛（とくべえ）は、お奈津の投げた擂粉木（すりこぎ）が額（ひたい）に当たって気を失った。女連中は井戸端（いどばた）に集まり、大声で笑い続けている。まるで毎日がお祭りのようだ。

奉公をしていた黄金屋から暇を出され、息子夫婦にも邪険（じゃけん）にされ、独（ひと）りぼっちになった。仕事もなく、住むところもない。そんな惨（みじ）めな思いまでして生きていくのは嫌だった。居候（いそうろう）をさせてもらっているお染に、そんな愚痴（ぐち）をこぼしたことがある。お染は笑った。

「人っていうやつは、生まれたときから独りぼっちなんですよ。死ぬときだって独りぼっち。贅沢(ぜいたく)を言っちゃいけませんよ」

「でも、お染さんは独りぼっちじゃない。この長屋には一緒になって笑ったり、泣いたりしてくれる人がたくさんいるじゃないか」

「そうかもしれませんね。でも、みんな独りぼっちなんですよ。みんな、それがわかっているから、一緒になって笑ったり、泣いたりできるんですよ。ごめんなさい。うまく言えないけど……」

お染は熱い酒を口にした。

「とにかく、この長屋で暮らしているとね、騒動や厄介(やっかい)なことに巻き込まれて、やめときゃいいのに首を突っ込みたくなっちまってね、死のうだなんて考える暇がないんですよ。笑ったり、泣いたりで忙しいですから」

お染はそう言うと、自慢げに笑った。

物思いに耽(ふけ)っていたそのとき、男の声が聞こえてきた。お克が座っている場所は、背後に一尺半（約四十五センチメートル）ほどのススキが生えており、話をしている男からは、お克の姿は見えない。

「それで、黄金屋の主は、何も疑わずに二百両を出したのか」

「疑う余地なんざありませんや」

「しかし、黄金屋の主も間抜けな奴よ。まさか、娘をかどわかしたのが松葉組の頭で、その松葉組の頭に助けを求めているとは思うまい」

お克は途切れ途切れに聞こえてくる言葉を、心の中でつなぎ合わせた。

「黄金屋の主が二百両……。娘がかどわかされた……。かどわかしたのが松葉組の頭で、その松葉組の頭が……」

黄金屋の娘と言えば、お晴お嬢様のことだ。お克が忠左衛門の逆鱗(げきりん)に触れ、暇を出されたときに唯一、お克を庇ってくれたのが、お晴だった。

《おとっつぁん。お克婆やが悪いんじゃない。婆やが人を呼んでくれたおかげで、慶太郎の命が助かったのよ。婆やは、お祖父(じい)さんの代から、ずっとこの店に奉公してくれているのよ。ねえ、おとっつぁん》

お克は嬉しかった。黄金屋の中にたった一人でも自分の味方をしてくれる人がいたのだから。そのお晴お嬢様がかどわかされた……。お克は、息を殺して聞き耳を立てた。

「それで、娘はどうする」

「すぐに帰したんじゃ、ありがたみがなくなります。あと二日ほど預かってもらいます。いいですかい、町田様。指一本触れてもらっちゃ困りますぜ」

「二日だけだぞ。娘を見張っている手下どもはまだ若い。妙な気を起こすかもしれないからな」

「冗談じゃねえ。娘を傷物にされちゃ、元も子もねえや。とにかく、くれぐれも松葉組が絡んでることは覚られねえようにしてくだせえよ。あっしたちは娘に面が割れている。それで、旦那たちにかどわかしを頼んだんですから」

「それにしても、うまいことを考えたものだ。金は入ってくるし、黄金屋の主にはありがたがられる。礼金の五十両に色をつけてもらわねばならんな」

「それには、最後にひと芝居打ってもらいますよ。目隠しをした娘の前で、あっしたちと二百両の受け渡しをしてもらわなければなりません」

「とんだ猿芝居だな。だが、それはできん。この手のかどわかしで、一番危ないのは金と人質との受け渡しのときだ。もしかすると黄金屋の主が奉行所に申し出ているかもしれん。そこをおさえられたらお終いだ。先に金を受け取れ。娘はそれから解き放す。心配するな。駒はこっちが握っているのだ。黄金屋の主は必ず従う」

「わかりやした。黄金屋の旦那はあっしの言いなりでさあ。二百両がいただけたら、こちらからつなぎをつけやすから。それまでは町田の旦那とは会わねえ方がいいでしょう。おとなしくしていてくだせえよ」

男たちは笑い声を残して、その場から立ち去った。男の一人の声と話し方には聞き覚えがあった。松葉組の頭、長蔵だ。お克の頭の中では、話が組み立てられていく。なんとかしなければならない。お克は二人をつけることにした。

やはり、男の一人は松葉組の長蔵だった。もう一人は浪人のようだ。

少し離れて歩いていた二人は、すぐ、左右に別れた。お克は浪人の背中を追う。この男の行く先に、お晴お嬢様がいるに違いない。

男は石原新町の古びた屋敷に入った。

その四半刻（三十分）前のおけら長屋では——。

「三祐に行く金もねえしなあ……」

「さすがに、これだけツケを溜めちゃ、お栄ちゃんも呑ませちゃくれねえだろう」

万造と松吉が、おけら長屋に入る路地（ろじ）を曲がると、井戸の前で、背伸びをするようにこちらを見ているのはお染だ。

「すまねえな。わざわざ出迎（でむけ）えてくれてよ」

「ついでに酒を吞ませてくれりゃ、なおのこと嬉しいんだけどよ」

お染は何も答えない。

「どうしたんでえ」

「お克さんが帰ってこないんだよ。一刻（いっとき）（二時間）ほど前にちょっと出かけてくるって行った切り……」

松吉は鼻で笑う。

「ガキじゃあるめえし、そんなに心配（しんぺえ）することあねえだろうよ」

お染は唇を嚙んだ。

「まさか……」

「何でえ、そのまさかってえのはよ」

「少し前までは、死のうとしてた女（ひと）だよ。もう、そんな気は起こさないと見極めたつもりだったんだけど、あたしの読みが甘かったのかもしれない……」

そんなことを言われると、万松の二人も不安になってくる。

「ふと、またそんな気になっちまうってこともあるかもしれねえな」

お染は松吉の半纏の袖をつかむ。

「とにかく捜さないと。ねえ、手伝っておくれよ」

「手伝うって、どこに行けばいいんでえ。東か西か、北か南か……」

「どこでもいいから、行けばいいんだよ」

「そんな無茶な」

ふと見ると、井戸の近くに金太が立っている。その横に座っているのは銀太だ。万造は手を打った。

「そうだ。銀太がいるじゃねえか」

万造は、お満と一緒に郷田豪右衛門の娘を捜したことがある。豪右衛門の愛犬、富士に娘の腰巻の臭いを嗅がせ、娘の居場所を突き止めたのだ。

「お染さん。お克さんの腰巻はねえか」

お染は物干し竿を指差す。

「そこに干してある赤い腰巻がそうだけど」

「すぐに取り込んでくれ。金太。銀太をここに連れてこい」

金太は万造の隣にちょこんと座った。

「おめえじゃねえ。銀太だ。銀太。こっちに来い」

銀太は金太の隣にちょこんと座った。万造は、お染が持ってきた腰巻を、銀太の鼻先にくっつける。

「いいか、銀太。臭いを嗅いで、これを腰に巻いていた婆さんを捜すんだ」

銀太は腰巻を齧りだした。

「馬鹿野郎、食べもんじゃねえや。臭いを嗅ぐんだ。金太。おめえ、犬の言葉が喋(しゃべ)れるんだろう。銀太にそう言ってくれ」

金太が銀太に向かって「わん、わ、わーん」と言うと、銀太は立ち上がって歩き出した。万造、松吉、お染の三人は銀太の後を追う。

「金太。おめえも来るんだ」

そのとき、路地に入ってきたのは島田鉄斎だ。

「旦那も来てくだせえ。理由(わけ)は道々話しやすから」

銀太は鼻を地面につけるようにして歩いていく。

「大丈夫なんだろうな。金太の犬だぜ」

松吉は銀太の尻尾を見ながら――。

「だが、金太より利口なことだけは間違えねえ」

銀太は回向院の前で商いをしている、おけい婆さんの屋台で立ち止まった。万造はおけい婆さんに尋ねる。

「一刻くれえ前に、小柄な婆さんが通らなかったかい」

「婆さんってえのは、だいたいが小柄だろ。大柄の婆さんだったら珍しいけどよ」

「相変わらず口の減らねえ婆だぜ。うーん。そうだな。河童みてえな顔をした婆なんだが」

「あたしゃ、河童の顔を見たことがないからねえ」

「おれだって、見たことなんざねえや」

お染が割って入る。

「紺と茶の縦縞の着物を着た婆……、い、いや、女の人なんだよ。歳のころなら五十すぎの」

「ああ。その女なら……」

孫のおたまの表情が明るくなる。

「ほら、婆ちゃん。そこで、躓いた女だよ」

「ああ。あの婆さんか。そういや、紺と茶の縦縞の着物だったな」

松吉は銀太の頭を撫でる。

「たいしたもんじゃねえか。で、おたまちゃん。その婆さんはどっちに行ったんでえ」

「大川の方だと思いますけど」

「そうか。よし。銀太、行け」

松吉が銀太の尻を叩くと、銀太は大川に向かって歩き出した。一同はその後を追う。

銀太は大川の土手を下りると、釣り人の通り道となっている細い小道を抜けて、少し開けた草むらに座った。目の前は大川だ。お染は青くなる。

「まさか、ここから……。お克さん……、何てことを……」

お染はしゃがみ込み、顔を両手で覆った。万造と松吉は大川に向かって両手を合わせる。

「南無妙法蓮華経、南無妙法蓮華経南無妙法蓮華経」

「南無阿弥陀仏、南無阿弥陀仏南無阿弥陀仏」

金太も真似をして手を合わせる。

「唐茄子屋でござーい。唐茄子屋でござーい」

鉄斎は万造の肩を叩く。

「そうとも限らんようだぞ」

銀太が歩き出した。

「お克さんは、来たときと別の道を通って土手を上がったようだな」

一同は、また銀太の後を追う。銀太は石原新町の細い裏路地を抜けて、古びた屋敷の裏手へと回っていく。

「こんなところに、お克さんがいるとは思えねえなあ……、と思ったら、あそこにいるのは……」

女が崩れた塀の隙間から中を覗き込んでいる。お染が声を上げる。

「お克さん」

お克はお染たちに気がつくと、唇に人差し指を立てた。

「大きな声を出さないでおくれ」

「何でえ。泥棒にでも入ろうってえのか」

「違うんだよ。この中に、かどわかされた黄金屋のお嬢様がいるんだよ」

一同には訳がわからない話だ。

「大川の河原で偶然に聞いちまったんだよ。鳶の頭と浪人がグルになってね……」

お克はすべてを話した。万造は鼻で笑う。

「いい気味じゃねえか。黄金屋に罰が当たったんでえ。罪もねえお克さんに暇を出して、鳶の連中に野犬狩りなんぞをさせやがって。そのせいで金太が大怪我をしたんじゃねえか」

松吉は頷く。

「そうでえ。黄金屋が二百両出せば、娘は無傷で帰してくれるんだろう」

お克は涙ぐむ。

「でも、お晴お嬢様は心根の優しい方で、私が暇を出されたときも、たった一人で庇ってくれたんだよ。怖い思いをしてるだろうから、少しでも早く助け出してあげたくて」

お染が、お克の肩を抱く。

「お克さんだって優しいじゃないか。ちょいと、万松さん。それじゃ、あんたたちは、娘をかどわかした上に、黄金屋を騙(だま)した松葉組の頭が、二百両手に入れるのを、見逃(みのが)そうっていうのかい」

「すまなかった。お染さんの言う通りでえ。それなら黄金屋の娘を助け出そうじゃねえか。なあ、万ちゃん」

「それで、今度はこっちが、黄金屋の主を強請(ゆす)ろうって寸法(すんぽう)だろ。仕方ねえ。百両にまけてやるか」

お染は両手で同時に万松の額を叩いた。

「馬鹿なことを言ってんじゃないよ。旦那。どうしましょうか」

鉄斎は唸る。

「踏み込むのは簡単だが、もし、黄金屋の娘がいなかったら、タダでは済まんぞ。やはり、ここは、南町奉行所(みなみまちぶぎょうしょ)から伊勢平五郎(いせへいごろう)殿に出張(でば)ってもらい、屋敷の中を検(あらた)めるしかないだろう」

「そんなことを言ったって、伊勢様を呼ぶには時間がかかりすぎますよ」

銀太の耳が動く。

「今、女の叫び声がしなかったか。この屋敷の中からだ。旦那。どうしますか」

銀太がゆっくりと立ち上がった。万造は、みんなを見回す。

「こうなったら、乗り込むしかねえでしょう。行くぜ」

万造は屋敷の裏木戸をぶち破った。


お晴は屋敷の奥にある座敷牢に閉じ込められていた。座敷牢の格子扉の前では、与太者が二人、お晴を見張っている。声を出したら殺すと脅されているので、お晴は声を出すことができない。そこにやってきたのは町田武堂だ。町田武堂は与太者二人に囁く。

「お前たち、あの娘を好きにしても構わんぞ」

「そりゃ、願ってもねえことですが、いいんですかい。指一本触れちゃならねえと」

「気が変わった。手込めにしたら殺せ。おれたちがお縄になることがあるとすれば、それはあの娘からだ。生きて帰すことはできん。いいな」

二人の与太者は舌(した)なめずりをしながら、座敷牢の格子扉を開けて中に入っていく。

「な、何をするんですか」

二人は、後退りをするお晴に襲いかかる。そのとき、襖の外から足音が聞こえ、見知らぬ者たちがなだれ込んできた。少し離れた場所にいた町田武堂は外へと逃げる。

「島田さん。その男ですよ。松葉組の頭と話していたのは……」

お克の声を聞くやいなや、鉄斎はその男を追った。万造と松吉は座敷牢の中に飛び込む。

「お楽しみのところすまねえが、ちょいと邪魔させてもらうぜ」

与太者の一人が、お晴の首に合口(あいくち)の刃をあてた。

「動くんじゃねえ。動くと、この娘の命はねえぞ」

万松の二人は動けなくなった。そこに入ってきたのは金太だ。金太は頭に巻いていた包帯がずり落ちて、顔全体に包帯が巻かれたようになっている。不気味この上ない。

「唐茄子屋でござい〜。唐茄子はいらねえか〜」

合口を持つ与太者の手が震えている。

「だ、だ、だれだ、てめえは……」

松吉が代わりに答える。

「だから、唐茄子屋だって言ってるじゃねえか。大根も売ってるけどよ」

「なんで、こんなところに唐茄子屋がいるんでえ」

金太は銀太に向かって――。

「わーん。わわん。わん。わん。わーん」

銀太は与太者に飛びかかり、合口を持つ手に嚙みついた。万造と松吉もその与太者に飛びかかる。もう一人の与太者は逃げようとしたが、金太に捕まった。

「よーし。捕まえたぞ。今度はおめえが鬼だぞ」

与太者は金太の手を振り解いて逃げようとするが、金太の馬鹿力にはかなわない。

「ズルは許さねえ。唐茄子をぶつけてやる」

金太が頭突き（ずつき）を食らわすと、与太者は気絶した。万松の二人は与太者を取り押さえた。

「黄金屋の娘さんかい」

娘は頷いた。座敷牢の中に走り込んできたのは、お克だ。

「お嬢様。ご無事でしたか」

「ば、婆や……、お克さんではありませんか。どうしてここに……」

「もう大丈夫ですから。安心してください」

お晴は、お克に抱きついて号泣する。鉄斎が戻ってきた。

「こちらもカタがついたようだな」

お染は、大きく息を吐き出して胸を撫で下ろした。

翌日の朝——。

黄金屋を訪ねてきたのは松葉組の頭、長蔵だ。

「旦那。何か……」

忠左衛門は小さな咳払いをする。

「頭に、ちょいと話を聞きたいという方がおられましてな」

座敷に入ってきたのは、腰に十手を差した男だ。

「南町奉行所の同心、伊勢平五郎だ。すまんな。朝早くから呼び出して」

長蔵は平静を装う。女が茶を持ってきて、長蔵の前に置いた。

「どうか、お気遣いな……」

長蔵はその女を見て絶句する。その女は、お晴だった。お晴は茶を出すと一礼して消えていく。

「どうかしたのか。茶を飲んだらどうだ」

長蔵は茶に手を伸ばそうとする。

「どうした。手が震えておるぞ」

長蔵は手を引っ込めた。

「黄金屋の娘がここにいて驚いたようだな。もっとよいことを教えてやろう。町田武堂とその手下の者どもは奉行所の牢におるわ。さて、松葉組のお頭さんよ。どうしますかね」

長蔵は両手をついた。

「恐れ入りましてございます」

長蔵が若い同心に引っ立てられた後、襖が開かれた。隣の座敷にいたのは、万造、松吉、お染、鉄斎、お克の五人だ。金太と銀太は庭先に座っている。忠左衛門と平五郎がいた座敷には、お晴もいる。伊勢平五郎は鉄斎に向かって――。

「またしても、おけら長屋にしてやられましたが、ここから先は奉行所に任せていただきたい。さて、黄金屋忠左衛門。その方はどうするつもりだ」

忠左衛門はすました表情をしている。

「どうするつもりだと言われましても、お礼を申す以外には……。番頭さん」

忠左衛門が呼ぶと、番頭の東助は忠左衛門の前に小さな紙包みを置いた。忠左衛門はその紙包みを手に取ると、畳の上を滑らすようにして、鉄斎の前で止めた。

「この度は大変にお世話になりまして、お礼の言葉もございません。これは、私の気持ちでございます。お納めください」

万造は、その紙包みに飛びつく。

「そ、そうですかい。ありがたく頂戴いたしやす……、なーんて喜ぶとでも思ってるのけえ。このすっとこどっこいが。馬鹿にするんじゃねえや」

万造はその紙包みを畳に叩きつけた。

「いいか。耳の穴かっぽじって、よーく聞きやがれ。てめえの娘の居場所を見つけたのは、このお克さんなんでえ。おれたちは、お克さんに、娘を助けることなんざねえと言ったんでえ。情け容赦(ようしゃ)のねえやり方で暇を出しやがった黄金屋に罰があたったんだってな。だが、お克さんは娘を助けたかった。自分が暇を出されたとき、庇ってくれたのは、そこに座ってる娘さんだけだったってな。泣けてくるじゃねえか。そのお克さんに、そんな杓子定規(しゃくしじょうぎ)な礼しか言えねえのか」

その話を聞いたお晴は涙を流した。松吉は片膝(かたひざ)をつく。

「だがよ、お克さん一人じゃどうしようもねえ。そのお克さんの居所を教えてくれたのが、あそこに座ってる犬でえ。あの犬はなあ、てめえが頼んだ野犬狩りの連中に殺されそうになったんでえ。その犬を守ろうとして、あそこに座ってる金太は大怪我をしたんでえ。おう。わかってんのかよ。てめえが暇を出したこの婆と、てめえが殺そうとしたこの犬がいなきゃ、てめえの娘は手込めにされて、殺されてたんでえ。何が私の気持ちですでえ。ふざけるんじゃねえ。金じゃねえんだよ。おれたちはなあ、心で動いてるんでえ。心でよ」

お染も前に乗り出してきた。

「あたしにも言わせておくれよ。暇を出されて行くところがなくなったお克さんはね、首を縊ろうとしてたんですよ。いや、縊ってたんです。それをあたしたちの仲間が助けたんです。昨日、お晴さんを助けた後、お克さんはこう言ったんです。死ななくてよかった。あのまま死んでたら、お嬢様を助けることができなかったってね。あたしは涙が止まりませんでしたよ」

お染は流れる涙を拭こうともしない。万造は金太と銀太に向かって——。

「おめえたちもここに上がってこい。遠慮なんざすることたあねえぞ」

金太と銀太は座敷に上がってきた。

「よーし。唸るなり、噛みつくなり好きにしろい」

金太は忠左衛門を見つめていたが——。

「みんなで、この人を苛めるのはよくねえぞ。この人はそんなに悪い人じゃねえ」

忠左衛門は両手をついた。その手の甲に涙が落ちる。

「心で動く、か……。私が間違ってました。女房を亡くしてから商いに明け暮れ、店を守ることだけを考えてきた私は、心を失くしていたのかもしれません。

お克。許しておくれ」

　銀太は忠左衛門の近くに寄ると、手の甲に落ちた涙を舐めた。万造は苦笑いを浮かべる。

「銀太が許すってんじゃ、どうしようもねえなあ」

　鉄斎は咳払いをする。

「どうだ。このあたりで手打ちということにしては。忠左衛門さん。子供が犬に大怪我を負わされたのは不幸な出来事でした。だが、その憎しみを間違った方に向けていませんでしたか」

　伊勢平五郎は頷く。

「それからな、忠左衛門。子供を襲ったと思われる犬は、一昨日、奉行所で捕らえた。その犬は、紛れもなく狂犬だった」

　お晴は忠左衛門の近くに寄り、顔を覗き込むようにする。

「おとっつぁん。もう一度、お克さんに店に来てもらおうね。そうしようね、おとっつぁん」

　忠左衛門は深く頷くと、目元を拭う。そんな忠左衛門に、銀太がそっと寄り添った。お晴が銀太の頭を撫でる。

「おとっつぁんを慰めてくれるのね。優しい犬。本当に優しい……」

銀太は、お晴の手をペロペロと舐めた。お晴は「くすぐったい」と言って、身をよじらせる。銀太もお晴の仕種に嬉しくなったのか、飛びついて顔中を何度も舐めた。お晴は声を上げて笑う。

忠左衛門は、再び両手をついた。

「おこがましいことを承知でお願いいたします。この犬をいただけませんか。私たちを助けてくれたのは、お克さんとこの犬です。恩返しがしたいのです。それから――」

忠左衛門は、銀太に抱きついて嬉しそうに笑うお晴を見やると――。

「お晴のこんなに楽しそうに笑う姿を、久しぶりに見ます。女房が生きていたころには、よく笑う子だったのに、笑わなくなっていたんだと、今気づきました」

「おとっつぁん……」

「その犬に来てもらえたら、お晴ももっと笑うようになるでしょう。慶太郎も、はじめは怖がるかもしれませんが、きっとその犬の優しさで、此度の恐怖を乗り越えていけるだろうと思うのです」

お晴も、忠左衛門の横で、両手をついた。

「父の言う通りです。よろしくお願いいたします」

松吉は金太に――。

「どうする、金太。銀太をほしいってよ。そりゃ、おけら長屋にいるよりは美味(うめ)えもんを食わしてくれるだろうがな」

金太は銀太を見つめる。

「そうか。おめえはここの方が美味えもんが食えるのか。なら、仕方ねえ。銀太。おめえはここのうちの子になれ。でも、おめえはずっと、おいらの友だちだぞ。相棒だぞ。わん、わわん。わん」

銀太は悲しそうに鼻を鳴らした。

黄金屋を出た万造は後悔しきりだ。

「あの金はもらっておくんだったなあ。なあ、松ちゃん」

「ああ。あんな啖呵(たんか)を切っちまった手前、やっぱりくだせえとは言えねえだろ」

振り返ると、黄金屋の前ではお晴と銀太がみんなを見送っている。銀太は尻尾を振って、走り出したいのを我慢しているようだ。

「金太。振り向くんじゃねえぞ」

「振り向かねえで、真っ直ぐ前を向いて歩くんだ」

金太はそのまま歩く。

「唐茄子屋でござい〜。唐茄子はいらねえか〜」

その売り声は悲しい調べに聞こえる。万造と松吉は、足を早めた金太の肩を優しく叩いた。

編集協力――武藤郁子

本書は、書き下ろし作品です。

著者紹介
畠山健二（はたけやま　けんじ）
1957年、東京都目黒区生まれ。墨田区本所育ち。演芸の台本執筆や演出、週刊誌のコラム連載、ものかき塾での講師まで精力的に活動する。著書に『下町のオキテ』（講談社文庫）、『下町呑んだくれグルメ道』（河出文庫）、『超入門！ 江戸を楽しむ古典落語』（ＰＨＰ文庫）、『粋と野暮 おけら的人生』（廣済堂出版）など多数。2012年、『スプラッシュ マンション』（ＰＨＰ研究所）で小説家デビュー。文庫書き下ろし時代小説『本所おけら長屋』（ＰＨＰ文芸文庫）が好評を博し、人気シリーズとなる。

ＰＨＰ文芸文庫　本所おけら長屋（十八）

2022年４月６日　第１版第１刷
2023年５月10日　第１版第４刷

著　者　畠　山　健　二
発行者　永　田　貴　之
発行所　株式会社ＰＨＰ研究所
東京本部　〒135-8137 江東区豊洲5-6-52
文化事業部　☎03-3520-9620（編集）
普及部　☎03-3520-9630（販売）
京都本部　〒601-8411 京都市南区西九条北ノ内町11
PHP INTERFACE　https://www.php.co.jp/
組　版　朝日メディアインターナショナル株式会社
印刷所　図書印刷株式会社
製本所　東京美術紙工協業組合

ISBN978-4-569-90200-5